KB143225

쑥 한 줌의 시간

쑥 한 줌의 시간

발 행 | 2019 년 2월 18일

지은이 | 이정혜
펴낸이 | 신중현
펴낸곳 | 도서출판 학이사
　　　　출판등록 : 제25100-2005-28호
　　　　주소 : 대구광역시 달서구 문화회관11안길 22-1(장동)
　　　　전화 : (053) 554~3431,3432
　　　　팩스 : (053) 554~3433
　　　　홈페이지 : http : // www.학이사.kr
　　　　이메일:hes3431@naver.com

ⓒ 2019, 이정혜
이 책의 저작권은 저자에게 있습니다. 저자와 출판사의 허락 없이
내용의 일부를 인용하거나 발췌하는 것을 금합니다.

이 도서의 국립중앙도서관 출판예정도서목록(CIP)은 서지정보유통지원시
스템 홈페이지와 국가자료공동목록시스템(http://www.nl.go.kr/kolisnet)
에서 이용하실 수 있습니다. (CIP제어번호 : CIP2019005393)

ISBN _ 979-11-5854-174-3　03810

쑥
한 줌의 시간

이정혜 수필집

學而思 학이사

나 답게

자라면서 나는 '누구랑 닮았다'는 말을 아주 싫어했다. 이 세상에 단 하나뿐인 '나'로 살고 싶은 소망이 강했던 것 같다. 신이 우리 모두를 각각 하나의 특별한 창조물로 빚은 만큼 삶도 각각 '자기답게' 살아야 할 권리를 주지 않았을까 하는 것이 내 생각이다.

그러나 나의 지나온 삶을 돌아보건데 나답게 살지 못한 시간들이 수없이 많았음을 고백하지 않을 수 없다. 나만의 철학을 고수하지 못한 채 남의 눈치를 보며 좋게 보이는 사람들의 생각을 흉내내려고 노력했다. 줄기와 가지가 흔들리고 때론 나의 뿌리까지 통째로 뽑힐 것 같아 나는 죽기살기로 붙잡았다. '나답게' 살기란 결코 호락호락하지 않았다. 오랫동안 선생으로 밥벌이를 하며 글쓰기는 내 삶에 큰 도움도 안 되는 부업 같은 것이었다. 그러나 고백하건데 이 부업이 나의 삶을 지탱해주는 방부제 같은 역할을 해주어 나는 버릴 듯 말 듯 하면서도 버리지 못하고 지금도 진행형이다. 그런데 돌아다보니 내가 글을 쓸 때만큼은 오롯이 나만의 철학으로 나답게 사는 시간이었던 것이다.

첫 수필집 《햇살이 쌓이는 뜰》을 내고 수필집으로는 두 번째다. 이 또한 나답게 살려는 몸부림임을 나 스스로에게 증명하기 위해 썼다고 해야 할 것이다. 나답게 잘 살아야 우리답게 잘 살 수 있지 않을까 하는 작은 소망을 담았으니 읽는 이들이 그 마음을 헤아려주었으면 좋겠다.

긴 시간 아낌없는 격려를 주신 동화작가 김상삼 선생님, 눈이 침침하지만 아내의 원고를 기꺼이 읽어주며 평까지 곁들어 준 남편 그리고 영원한 독자 민하, 나현, 기도로 매일 축복해주시는 부모님께 무한한 감사를 드린다.

2019년 2월
나의 쉼터 강마을에서

차 | 례

1부 네 잎 클로버

2부 나도 좀 낑가줄래

3부 음악이 흐르는 파출소

4부 입장 차이

1부

네 잎 클로버

네 잎 클로버가 통설대로 행운이라는 좋은
의미를 가졌기 때문에 오늘 하루, 지금 있
는 그대로의 내 삶을 행운으로 받아들이라
는 좋은 의미로 생각하고 싶었다.

행복이란

          C교수의 '행복'이란 주제의
강의를 듣는 동안 나는 아주 행복감을 느낀다. 공감 가는 내용
이 너무 많고 또 학자들이 실험 연구한 결과를 소개하는데 아
주 흥미롭고 신기한 것들이 많다. 한참 후 똑같은 강의를 또
들어도 새삼스럽다. 좋아하는 클래식 음악을 연거푸 듣는 기
분과 같다고나 할까. 나는 오늘 그 분의 '행복' 강의를 또 한
번 들었다. 그 중에서 '소유와 경험'에 대한 이야기는 우리들
의 소비 생활을 한번쯤 돌아다보게 한다. 돈을 써서 물건을 샀
다 치자. 즉 돈으로 가전제품이든 옷이든 샀을 경우 우리들은
그 물건을 소유하게 된다. 그러나 돈을 썼지만 소유물이 안 생
기는 경우는 이럴 때다. 여행, 강의 듣기, 음악회 참석 등등이

다. 이런 일들은 물건을 소유하는 대신 경험을 얻는다. 어떤 소비가 즐거움이 강하고 오래 갈까? 그건 소유가 아닌 경험을 얻는 것이라고 말한다. "즐거운 감정은 경험에서 오는 것이지 소유에서 잘 오지 않는다."는 것이 연구 결과이다.

들는 이들의 이해를 돕기 위해 구체적인 예를 들기도 한다. 옷장에서 3년 전에 산 옷을 보면 즐거움을 별로 느끼지 못한다. 그러나 3년 전에 간 가족 여행 사진을 앨범에서 보면 지금도 즐겁다는 것이다. 아주 공감이 간다. 그런데 많은 사람들이 소비를 거꾸로 한다는 것이다. 즉 경험을 얻는 것보다 물건을 소유하는 데 돈을 많이 쓴다는 것이다.

강의를 들고 나는 딸의 현명한 소비 생활에 박수를 보내주고 싶었다. 딸은 소유보다는 확실히 경험에 돈을 많이 투자한다. 자신의 좋은 옷 한 벌 사는 데는 벌벌 떨지만 국내외 가난한 아이들을 정기적으로 후원하는 걸 매우 만족하게 여긴다. 값진 경험이다. 또래 친구들이 명품 가방 하나쯤은 가지는 게 예사인데 딸은 선뜻 사지 못한다. 그러면서 친구나 후배들에게 선물과 밥 그리고 커피 한 잔 사주는 것을 아주 좋아한다. 남에게 대접하면서 행복감을 느낀단다. 딸은 종종 이런 말을 한다. "엄마, 나는 다른 사람한테는 돈을 잘 쓰는데 나를 위해서는 잘 못 써." 이런 딸의 말을 들으면 은근히 속이 상하기도 하지만 자기가 좋아서 하는 일이라 말릴 생각은 없다.

딸이 대학교에 다닐 때의 일이다. 학교에서 극소수의 학생들을 선발해 캄보디아에 해외 봉사를 보냈다. 많은 학생들이 지원을 했다. 딸아이 역시 국내 봉사만 한 터라 해외에서도 일하고 싶어 지원했다. 지원 후 나는 매일 기도했다. '하나님, 관광도 아니고 힘들게 봉사하려고 하는데 꼭 보내 주세요.' 나의 기도가 이루어져 해외봉사가 결정되자 딸은 시험을 잘 쳐 장학금 혜택을 받았을 때보다 더 뛸 듯이 기뻐했다. 누가 봐도 사서 고생하는 일인데도 행복해했다. 캄보디아 중에서도 아주 오지 마을에 가서 2주 동안 어린 아이들에게 교육 봉사를 했다. 떠나면서 그 학교를 돕기 위한 후원금으로 봉사자들이 1인당 40만 원 정도를 내기도 했다. 또 아이들을 가르치기 위해 필요한 많은 물건을 사기도 했다.

물이 안 맞아 설사를 하고, 생전 처음 대하는 열악한 환경에서 고생했지만 딸아이는 5년 전 캄보디아 아이들을 지금도 생생하게 기억하며 그때의 추억을 수시로 떠올린다. 봉사 후 한국에 돌아오며 그때 도와준 꼬맹이들이 그린 그림을 가져와 보물처럼 간직하기도 했다. 특히 한 아이를 오래도록 기억하며 마음 아파했다. "이 그림을 그린 아이는 나를 늘 졸졸 따라다녔다. 알고 보니 부모님이 에이즈로 다 죽고 아이도 에이즈

보균자였다." 등 슬픈 이야기를 하며 아이는 눈물을 글썽였다. 캄보디아 봉사 후 딸아이는 에이즈 후원에도 관심을 가졌다.

얼마나 값진 경험이었고 또 그 아이들을 잊을 수 없었던지 카톡 바탕 화면에 그 아이들과 찍은 사진을 아예 넣어 놓았다. 나는 딸아이의 카톡 화면을 통하여 그 아이들을 종종 들여다본다. 사진 찍는 포즈가 각양각색인데 그렇게 자연스러울 수가 없다. 딸아이 말에 의하면 사진을 찍어본 경험이 별로 없어서 자기 맘대로 연출해 지극히 자연스럽다는 것이다. 일리가 있다.

이처럼 경험은 소중한 것이며 오래도록 기억에 남아서 행복감과 즐거움을 준다. 나를 위함이 아니라 남을 위하여 돈을 썼기에 더 소중함을 느꼈을 것이다. 물론 학교에서 항공권과 숙박료는 제공했지만 해외 봉사 때 들었던 개인 비용 40만 원으로 비싼 옷을 두어 벌 샀더라면 그 만족감이 얼마나 갔을까? 아마 지금쯤 유행이 지나 옷장 속에서 잠자거나 헌옷 수거함에 넣었을지도 모른다. 그러나 소유보다 소중한 경험을 기꺼이 선택한 아이는 지금도 행복감을 느끼고 있다.

푹 썩어야지

'강낭콩의 한살이' 단원을 가르치기 위해 화분에 강낭콩을 심어 4월의 창가에 올려놓았다. 강낭콩은 비록 밭이 아닌 좁은 화분이지만 아이들의 관심과 사랑을 받아먹고 신기하게도 잘 자랐다. 씨앗을 흙 속에 심으며 '한살이를 가르치려면 열매가 맺어 여물어야 할 텐데 가능할까?' 하고 걱정했었다. 열악한 성장 환경 때문이었는데 그건 기우였다.

강낭콩은 창가로 들어오는 햇빛과 아이들이 주는 물을 먹고 잘도 자랐다. 연초록 새싹이 나는가 싶더니 어느새 초록빛 잎이 층을 이루며 무성하게 자랐다. 그러더니 얼마간의 시간이 흐른 후 예쁜 꽃이 피었다. 꽃이 진 자리에 작고 앙증스런 초록 꼬투리가 자리를 잡았다. 조금씩, 아주 조금씩 날마다 꼬투리가 커가면서 세월이 흘러감을 눈으로 확인시켜주었다. 날마다 달라지는 모습이 아이들의 호기심을 키웠다. 아이들이 콩 하나에서 깊고 오묘한 자연의 이치를 몸으로 깨닫게 되는 좋은 본보기였다. 말라죽을세라 아이들은 잊지 않고 물을 주었다. 햇빛도 생명의 소중함을 아는지 강낭콩을 늘 따뜻하게 품어주었다. 그러던 어느 날 초록색 꼬투리가 갈색으로 변하고, 우리들은 갈색 꼬투리를 열며 감탄했다. 분홍빛에 살짝 흰 줄무늬가 있는 콩 네 알이 꼬투리에 예쁘게 박혀있다. 잘 여문 콩알 덕분에 '식물의 한살이' 수업을 실감나고도 재미있게 할 수 있었다.

열매를 거두고 나서 강낭콩을 심은 화분을 바라보니 푸르른 잎들은 온 데 간 데 없고 누렇게 변한 잎과 가지들이 곧 뽑힐 날을 기다리고 있었다. 생명을 다한 것이다. 이렇게 식물은 대를 이어간다. 새 생명을 위해 나를 내어준다. 내 자리를 미련 없이 비워준다.

나는 시든 강낭콩 화분을 바라보며 우리 인간의 한살이를 생각해 본다. 콩 한 알에서 새싹이 돋고 잘 자라 꼬투리를 남기고 조용히 사라지듯 우리도 때가 되면 우리의 뒤를 이을 생명을 남기고 미련 없이 떠나야 한다. 한 알의 밀알이 썩어 새 생명을 잉태하듯 우리는 흔적 없이 썩어야 한다. 그런데 인간은 썩기를 싫어하는 본성이 있는 것 같다. 주위 사람이 다 떠나도 혼자 남아 부귀영화를 누리고 싶어 하기도 한다. 인간과 식물의 한살이를 비교해보면 다른 점이 많이 눈에 띈다.

자기를 드러내기 위해 요란한 인간에 비해 식물은 묵상하는 시간을 많이 가진다. 항상 그 자리에서 햇빛, 공기, 물, 사랑… 주는 대로 받으며 욕심내지 않는다. 신이 선물한 자기만의 빛깔과 향기에 감사하며 남을 기웃거리지도 않는다. 아주 작은 풀꽃이 아름드리 큰 나무가 부러워 맨날 위로만 쳐다보다 목이 부러진 것도 여태 보지 못했다. 식물은 자기 분수를 안다. 인간은 '나보다 누가 더 많이 가졌나?'를 생각하며 더 가지기 위해 안달이라면 식물은 자기가 가진 것에 무한히 감사하며 주위에 향기를 날리고 공기를 정화시킨다. 그래서 어떤 식물을 보아도 인간에서 느끼는 탐욕이나 치사스러움이 느껴지지 않는다. 사람에게 실망한 날 집 근처 동산으로 올라가 나무와 꽃들을 바라보면 큰 위로가 된다. 하늘을 우러러 보며 조용히 묵상하는 모습을 바라보며 나 자신을 살핀다.

언제일지는 모르지만 '나의 한살이'가 곰삭을 때 강낭콩처럼 미련 없이 내 자리를 내어주며 또한 푹 썩어야지.

정직한 사진

스마트폰 속에 저장된 사진들을 들여다본다. 좀 젊게 보이는 사진도 있고, 너무 젊어 눈에 낯선 얼굴도 있다. 내 나이와 걸맞은 사진도 있긴 하지만 아주 나이가 들어 보이는 사진은 없다. 찍은 후 맘에 들지 않아 곧바로 삭제한 까닭이다. 어떻게 보면 내가 가지고 있는 사진들은 대부분 가짜인지 모른다. 아무리 보아도 거울 속에 비친 내 얼굴보다 더 예쁘고 더 젊다. 이런 가짜 사진을 보며 '이 정도면 아직 젊구나.' 라고 착각하며 위로를 받기도 하고 행복감을 느끼기도 한다.

대부분의 여자들은 나이보다 젊게 보이기 위해 많은 노력을 한다. 젊은 여자들뿐 아니라 노년의 할머니도 예외는 아니다.

팔십 대의 친정어머니도 손수 좋은 스킨을 만들어 수시로 바르고 고운 피부를 위하여 얼굴에 영양가 있는 팩을 하시기도 한다. 나도 마찬가지다. 딸아이 세대들이 입는 옷을 수시로 사서 입고 젊은 척 우쭐댄 적이 많다. 남이 나이에 걸맞지 않게 입고 폼 잡으면 꼴불견이 되고, 내가 젊게 입으면 멋지고 미적 감각이 있는 것으로 생각한다. 인간의 자기중심적인 면은 어쩔 수가 없나보다.

제 나이보다 젊게 보이고 싶어 하는 것은 여자만이 아니다. 과거에 비해 요즘 남자들은 외모에 관심이 많다. 헤어스타일도 다양하고 옷도 컬러풀하다. 화장도 하며 마사지를 받으러 피부숍에 다니기도 하고 동안 성형을 하기도 한다. 남편은 '멋내기'와는 거리가 멀다. 몇십 년간 동네 단골 이발관에서 머리를 깎고 옷은 내가 사주는 대로 입는다. 옷은 사이즈가 맞고 디자인과 색상이 무난하면 오케이다. 큰 키에 얼굴에 살이 없어 나이가 들어 보이지만 본인은 전혀 신경 쓰지 않는다. 남들처럼 얼굴 관리 좀 하라고 진지하게 말해도 소귀에 경 읽기다. 이런 무감각한 남편이 어제 퇴근 후 씩 웃으며 내게 말을 건네 왔다.

"새로 온 직원이 나보다 나이가 많은 줄 알았는데 알고 보니 동갑이더라."

나는 그 웃음의 의미를 알 것 같았다. 자기가 그 아저씨보다 젊게 보여 기분이 좋다는 뜻이었다. 도대체 그 아저씨는 어떻게 생겼기에 남편보다 나이가 더 들어 보이지? 의문이 생겼지만 묻기가 좀 뭐해서 가만히 있으니 남편이 바로 의문을 풀어 주었다.

"왜 나보다 나이가 더 들어 보이는 줄 아나?"

"왜 그런데?"

"그 아저씨 대머리거든."

자기는 대머리가 아니라 참 다행이라는 듯 손가락으로 머리칼을 빗어 넘기며 말했다. 살포시 잔주름에 담는 미소가 순수하게 보였다. 어린아이 같은 웃음은 그 아저씨보다 젊게 보여 좋다는 뜻이었다. 미적 감각에 무딘 남편을 자극하기 위해 일부러 '나이 들어 보인다.'고 농담을 했는데 앞으로는 말조심해야겠다. 인간은 누구나 젊고 예쁘게 보이길 원하는 게 본성 같다. 세상 만물의 한살이가 언제나 청춘일 수만은 없는 게 순리다. 오늘의 얼굴은 어제의 얼굴이 아니며 아무리 예쁘고 탐스런 꽃송이도 계속 피어있을 수는 없다. 때가 되면 시들고 지기 때문에 우리들은 더 아름답게 소중하게 바라보는지 모른다. 활짝 피었다가 조용히 열매 맺고 흔적 없이 사라진다. 우리도 이렇게 순응할 수밖에 없다. 어린 왕자 이야기에서 여우가 어린 왕자에게 한 말이 생각난다. '가장 중요한 것은 눈에 보이지 않는다!' 겉모습보다 보이지 않는 내면을 보라는 말일 터이다. 휴대폰에 남아있는 모습만 내가 아니다. 삭제된 사진 속의 조금은 늙어 보이고 예쁘지 않은 모습도 바로 나이다. 살아온 날들의 궤적이 고스란히 남아있는 그 사진이야말로 나의 참모습이 아닌가.

　지는 해가 아름답다 했다. 곱게 늙어가는 이는 늙지만 낡지는 않는다고 했다. 때로는 주름이 더 아름다울 수 있다. 긍정의 자세로 내공을 쌓는다면 주름에 더 많은 미소를 담을 수 있기 때문이다. 이제는 꾸미지 않은 진정한 나로 남고 싶다. 정직한 사진에 애정을 가져야 할 나이가 된 거 같다. 잔주름이 더 늘고 잡티 하나 더 생겨 어제보다 덜 예뻐도 이 세상에 나란 존재는 나뿐이다. 내가 나를 사랑하지 않으면 누가 사랑하리. 나를 창조한 신의 눈으로 보면 누가 뭐래도 나는 분명 걸작품일 것이다.

시선

헤어스타일을 바꾼 친구가 말
했다.

"어제 퍼머를 했는데 이상하지 않나? 영 마음에 들지 않는
다."

사실 나는 그 친구가 퍼머를 했는지도 몰랐다. 아주 뽀글뽀
글하게 퍼머를 했다면 알아차렸겠지만 늘 보던 모습과 비슷
해서 몰랐던 것이다. 엄밀히 말하면 나는 그녀의 머리 스타일
에 관심이 없었던 것이다. 반대로 그 친구는 자기의 머리 스타
일에 내내 신경을 쓰고 있었다.

누구나 제일 관심을 갖는 대상은 자기 자신이다. 남보다 스
스로한테 마음에 들어야 한다. 내면이야 볼 수 없지만 외형적

인 면은 드러난다. 남이 아무리 예쁘다고 해도 자신이 마음에 안 들면 성형을 하고 다른 사람들이 날씬하다고 해도 자신의 눈으로 볼 때 만족하지 못하면 다이어트를 한다. 자기 자신이 생각하는 만큼 사람들은 남에게 큰 관심이 없다. 실험을 통하여서도 많이 증명이 되었다. 그런데 사람들은 특히 여자들은 많은 오해와 착각을 하기도 한다. 자기가 보기에 멋있게 차려입고 거리에 나서면 많은 사람들이 자기를 멋지게 볼 것으로 착각한다. 실은 그렇지 않다. 물론 쳐다보는 사람도 있고 멋있다고 생각하는 사람도 있겠지만 극소수다. 미의 기준도 다를 뿐 아니라 대부분의 사람들은 자기 코가 석 자라 남의 삶에 관심이 없듯 외적인 것에도 크게 관심을 가지지 않는다.

이런 사람과 함께 근무한 적이 있었다. 50세가 넘도록 독신으로 지낸 여자 교감이었다. 늘 자기의 옷차림에 남이 관심을 가져주기를 바라고 칭찬 받기를 기대하는 점에서는 어린아이 같다. 독신이라 집에서 칭찬해줄 가족이 없어서 그런지 그 교감은 직원들로부터 늘 관심을 받고 싶어 했다. 대부분의 직원들은 교감의 한참 후배들이었다. 나는 그 학교로 옮긴 지 얼마 안 되어 그 교감이 그런 성향이 있는 줄 몰랐다. 어느 날, 옆 반에 근무하는 친구가 볼일이 있어 왔다가 이상한 말을 했다.

"자습시간에 교감 선생님이 우리 교실에 오셨어."

"뭐 잘못한 거라도 있어서?"

나는 걱정이 되어 물었다.

"조금 전 교무실에서 새 옷 입은 교감 선생님을 보고 그냥 왔거든."

"저런, 인사를 안 했구나."

"그게 아니라 옷차림 반응을 듣고 싶어서 오신 거란다."

친구의 대답은 참 흥미롭고도 어이가 없었다. 더 황당한 것은 일부러 찾아온 교감 선생님께 립 서비스로 '아주 멋있다.'는 격찬을 했더니 아이처럼 환하게 웃으며 돌아갔다고 했다. 얼굴 가득 피어나는 행복지수를 보며 친구는 유치하다는 생각도 했지만, 한편 순수한 구석도 있었다고 했다. 나도 동감이었다. 이 교감의 경우는 좀 심각한 상태지만 여자들 중에는 유난히 남의 이목에 촉각을 세우는 사람이 많다.

한번은 결재를 받으러 갔는데 교장 선생님이 내 얼굴을 빤히 쳐다보는 것이었다. 좀 민망하기도 하고 내 얼굴에 뭐가 묻었나 은근히 걱정되기도 했다. 그때 교장 선생님이 '아무리 봐도 이 선생 입가에 흉터가 안 보이는데'라고 하며 고개를 갸웃거렸다. 며칠 전 내가 드린 수필집 중에서 '흉터'라는 제목으로 쓴 글을 읽고 내 입가의 흉터를 확인하는 중이었다. 내 왼쪽 입가에는 희미한 흉터가 있다. 아주 어릴 적 고향에서 친구 U와 키 큰 시소를 타다 손을 놓아 다친 것이다. 입술 부근이 찢어지고 피범벅이 되었으니 어린 나에게는 무시무시한 대형 사고였다. 면 소재지에 있는 이름난 약방에 가서 응급 처치를 받았다. 요즘처럼 흔한 성형외과에 갔더라면 흉터는 없었을 것이다. 그 사고 후 생긴 흉터는 지금까지 희미하게 남아 유년의 추억을 떠올리게 한다. 화장을 할 때면 그 흉터 위에 한 번쯤 분첩을 더 두드리기도 한다. 남이 모르게 하기 위해서다. 그런데 신기한 것은 나 자신만 알지 다른 사람은 몰랐다는 것이다. 분명 흔적은 있는데 그 교장 선생님처럼 몰랐다는 것은 타인에게 별 관심이 없다는 뜻이다. 내 스스로 은밀한 비밀을 글을 통하여 드러낸 셈이다. 타인의 시선에서 벗어나야겠다. 한 단계 넘어 나 자신의 시선에서도 좀 벗어나야겠다.

삶의 끝에 찾아올 희망

고인이 되신 하용동 선생님은 내가 여중학교에 다닐 때 국어 선생님이셨다. 선생님은 열정적이셨고 칠판에 판서를 할 때면 필체가 특이하고도 멋져 우리들은 흉내 내려고 애썼지만 따라할 수 없었다. 또 박학다식하여 우리들은 선생님께서 천재 기질이 있다고 생각했다. 시, 시조, 소설 등 문학 작품을 외워 술술 막힘없이 이야기할 때면 나는 문학 작품이 아닌 선생님께 완전 매료되었다.

선생님한테 많은 것을 배웠겠지만 지금은 잘 기억나지 않는다. 그러나 국어 수업 시간에 자주 하셨던 말씀은 지금도 잊을 수가 없다. 특별한 이유도 없이 깔깔깔 잘도 웃던 우리들에게 선생님은 말씀하셨다.

"너거들은 죽음이 하루하루 앞당겨지는데 뭐가 좋아서 웃노."

입가로 뜻 모를 웃음을 흘리며 읊는 경상도 사투리에 우리들은 또 까르르 웃었다. 선생님은 심각하게 말씀하셨지만 누구 하나 심각하게 받아들이는 사람이 없었다. 그럴 만도 했다. 십 대 중반의 나이로 죽음과 우리는 아무 상관이 없다고 생각하던 나이였으니까. 그 당시 우리들의 눈에는 선생님이 엄청 연세가 많게 보였지만 지금 생각해보니 40대였을 것 같다. 40대면 죽음을 생각할 수 있는 나이이다.

죽음을 떠올리면 생각나는 낱말이 많다. 슬픔, 절망, 끝, 허망함, 이별 등등이다. 그런데 나는 오늘 처음으로 '희망'이란 낱말을 떠올렸다. 집 근처 가까운 동산을 산책하며 떠올린 이 '희망'은 말 그대로 나에게 희망적이었다. 죽음이 왜 희망이 될 수 있을까? 나름의 이유가 있다.

나는 걸을 때마다 왼발의 통증으로 몹시 고통스럽다. 수년째 통증을 느끼며 이 병원 저 병원 유명한 곳은 다 찾아다녔지만 원인을 찾지 못했다. 그러다 우연히 추천 받은 명의한테 1년 반 전에 수술을 받았다. 우리나라에서 명의로 소문나 있기에 의사가 하자는 대로 수술을 받기로 했다. 한 달을 살다 죽어도 통증 없이 살고 싶었으니까.

대수술이며 복잡한 수술이었다. 뼈와 인대를 잘라 위치를 옮기고 골반 뼈를 이식까지 했다. 수술 후의 극심한 통증은 두 달 넘게 갔다. 나는 발이 작은 편이다. 깁스를 풀고 발을 살펴보니 그 작은 발에 칼자국이 일곱 군데나 있고 동상에 걸린 것처럼 오동통하게 부어 있어 애처롭기 짝이 없었다. 나는 두 달 이상 목발을 짚었다. 귀찮고 고통스러움을 희망으로 감내했다. 목발을 짚으면 통증 없이 가볍게 걸을 날이 온다는 기대감으로 불편함은 당연한 것으로 받아들였다. 그런 기대 속에 1년 반이란 긴 세월이 흘렀다. 그런데 통증은 여전하다. 어쩌란 말이냐? 죽는 날까지 이대로 살아야 한다면?

아니다. 오늘 문득 깨달았다. 통증이 있는 한 나는 살아있다는 생각이 얼마나 희망적인가! 또 이 통증은 죽음과 함께 끝이 난다! 그렇다고 죽음을 기다리며 살아서는 안 된다. 그날까지 나 같이 힘든 사람들을 생각하며 왼발 오른발 왼발 오른발 힘차게 내디딜 것이다.

"너거들은 죽음이 하루하루 앞당겨지는데 뭐가 좋아서 웃노."

국어 선생님의 말에 심각성을 느끼지 않고 깔깔깔 웃었듯이 그렇게 웃으며 걸을 것이다. 삶의 끝에 찾아올 희망을 생각하며.

미완의 삶

우리의 삶은 언젠가는 미완으로 끝난다. 꿈도 마찬가지다. 이루면 좋겠지만 이루지 못하더라도 꿈을 향해 달려가는 열정은 아주 고귀한 것이다. 평생 이루지 못할 꿈을 안고 사는 사람들도 많다. 미완의 꿈도 아름답고 소중한 것이다. 꿈은 그 사람에게 존재의 이유가 되기도 한다.

삶이 미완성이듯 꿈도 미완일 경우가 많다. 나는 가끔 뉴스를 통해 급작스런 사고나 질병으로 죽은 사람 이야기를 들으며 그의 삶과 꿈을 그려본다. 특히 그 죽음이 젊은이에게 해당되면 더 안타까운 심정으로 그의 삶과 꿈을 생각하며 인생은 미완성으로 끝남을 실감한다. 누구에게나 세상만사가 내가 생존할 때만 유효하다. 노래 가사처럼 인생은 미완성이다. 그런데도 완전한 그 무엇을 성취하기 위해 끊임없이 질주한다. 성취하면 아주 만족스럽고 그 성취감으로 인해 오래오래 행복할 줄 안다. 나도 늘 그랬다. 그러나 그 행복은 길지 않다. 오래전 나는 책 한 권만 출간하면 행복할 줄 알았다. 동화집 1집을 내고 그 성취감으로 아주 행복했다. 그러나 잠시였다. 그후 몇 권을 더 냈지만 역시 그 성취감은 잠시였다. 이제는 안다. 누구에게나 행복은 오래 머물지 않는 속성이 있음을.

나는 죽기 전에 한 권의 수필집을 더 출간하고 싶다고 늘 생각했다. 시력도 떨어지고 기억력도 둔해져 더 나이를 먹기 전에 올해쯤 원고를 완성하리라고 새해 첫날 마음먹었다. 기쁘기도 하고 마음에 짐이 되기도 한다. 몇 시간째 컴퓨터 앞에 앉아 자판을 두드리면 허리가 아프고 눈도 침침하다. 생각하고 또 생각하고 고민에 고민을 거듭한다. 젊은 날의 연서처럼 썼다 지우기를 매일 밥 먹듯 되풀이한다. 늘 완전하지 않는 미완의 글이다. 내 글은 나를 위해서 또 누군가를 향해서 쓰는 한 장의 소박한 편지와도 같다. 아프고 슬프고 외로운 사연을 더러는 신나고 재미나는 사연을 그 누군가와 공감하고 싶어 쓴다. 누군가 나의 편지를 읽으면 이렇게 말할 것 같다.

"뭐야, 이건 나한테 보낸 편지네. 내 이야기잖아!"

"이건 너무 뻔한 이야기잖아. 그래도 가슴이 따뜻해지네."

"에고, 나같이 아프고 힘든 사람도 있군. 위로가 되네."

내 글이 지친 한 사람을 위한 따뜻한 손 편지가 되면 좋겠다. 무작정 계획 없이 때론 의무감으로 쓴다. 오늘은 미완의 꿈도 아름답고 소중함을 깊이 깨달은 운 좋은 날이다.

나는 출간과 상관없이 그냥 쓸 것이다. 내일 삶이 끝나서 내 꿈이 미완으로 끝나도 오늘까지 내 꿈은 성취된 것이다. 죽음 앞에서 미완으로 남은 과제를 끌어안은 게 인생일 것이다. 또 내가 출간하면 그 성취감은 언제나 그랬듯 잠깐임을 믿어 의심치 않는다. 미완의 삶을 사랑하는 법을 진작 배웠더라면 늘 이루기 위해 애간장을 태우며 살지는 않았을 것이다.

머슴정신

　　　　　　　사람들은 만나면 시국 이야기
를 좋아한다. 얼마 전 내가 병원에 입원했을 때였다. 옆 침대
에 위문 온 두 남자가 시국 이야기를 하고 있었다.
　"대통령이 뭔가 구린 것이 있으니까 국민들 앞에 떳떳하게
해명도 못하지. C와 한패라고."
　그러자 듣고 있던 키 큰 아저씨가 열을 올렸다.
　"대통령이 절대 그럴 사람이 아니다. 방송에서 떠들어대는
몇 사람의 이야기를 듣고 정직한 사람을 매도하면 안 된다."
　두 사람의 의견은 정면으로 상충되었다. 그때가 C사건이 보
도 된 지 얼마 안 되어 사람들은 어느 것이 진실인가 궁금해
하며 뉴스와 방송에서 패널들이 하는 말에 촉각을 세웠다.

나도 키 큰 아저씨처럼 국민의 대표인 대통령이 설마 한 사람한테 그렇게까지 휘둘릴까 의심을 했다. 그러나 C가 구치소에 수감되고 청문회가 수차례 거듭되며 나는 대통령뿐 아니라 사건에 연루된 정치인, 기업인 등 많은 사람들을 불신하며 대한민국의 현재와 미래를 심히 걱정했다. 안방에서 뉴스를 들으며 분개하던 일부 국민들은 한파를 무릅쓰고 거리로 나와 촛불을 들었다. 나는 의심이 많아 진실이 보이지 않았다.

　'저 뉴스가 다 팩트일까?'

　'패널들도 사람인데 개인의 정치적 견해가 첨가됐지.'

　안개 속의 꽃을 들여다보듯 진실을 가려내기가 힘들었다.

　나는 아직도 먼 훗날 사가들이 어떻게 평가할지 모른다는 생각에는 변함이 없다. 시류를 탄 몇 사람들의 패널들이 군중심리에 불을 붙였고, 결국 촛불시위로 이어졌다. 불나방은 불빛을 찾아 날아드는 것처럼 역사적으로 왕의 눈을 흐리게 한 적폐는 있게 마련이다. 사화와 당파싸움의 시비는 먼 훗날에 사가들이 평가를 했다. 그렇다고 촛불시위를 부정적으로 보지는 않는다. 촛불 시위는 비폭력 평화 시위며 침묵시위이기도 하다. 나는 수많은 촛불을 보며 촛불의 의미를 생각해 보았다. 촛불은 자신을 태워 주위를 밝힌다. 각계각층의 지도자들이 촛불 정신을 가지고 맡은 바 책임을 다했다면 우리나라는 벌

써 선진국의 대열에 합류하지 않았을까? 옛날에 비해 여러 분야에서 나아진 것은 사실이나 선진국이 되기엔 갈 길이 멀다.

국민을 위해 일하라고 뽑아놓은 일꾼들이 머슴정신으로 죽도록 봉사할 생각은 안 하고 모두 자기 밥그릇 챙기기에 바쁘니 우리 국민들이라도 정신을 바짝 차리지 않으면 나라가 어찌 될 것 같아 불안하기만 한 요즘이다. 요즘은 자기 분야에서 조금 출세했다 싶으면 자신의 꿈, 자질과 능력, 인간 됨됨이를 고려하지도 않고 정치계로 뛰어드는 사람이 많은 것 같다. 선한 목표가 있는 사람도 있겠지만 국민들이 보기에는 많은 이들이 권력과 명예와 돈을 얻기 위한 속물로밖에 보이지 않는다. 많이 속아왔기 때문이다.

우스운 일은 투표장에서 신중히 한 표를 행사하고 돌아서서 나오며 한다는 말이 '그놈이 그놈이다.' 라고 한다. '그놈이 그놈이다.' 라는 말은 거기서 끝나지 않는다. 당선 후 씁쓰레한 사건들을 접할 때마다 두고 쓴다. 그래도 국민들은 5년마다 새로운 대통령을 선출하고 새로운 기대와 희망을 갖는다. 많은 세상 사람들이 추앙하는 훌륭한 정신적 지도자는 대한민국에서 언제쯤 나올까? 풍수지리설을 나는 믿지 않지만 한번 연구해보고 싶다.

내가 첫 발령을 받던 80년대에는 반 아이들 중에서 남학생의 장래 희망으로 대통령이 많았다. 꼭 대통령이 된다기보다 최고의 높은 꿈의 상징 같은 것이기도 했다. 또 부모가 남자는 꿈이 커야 한다는 교육 탓에 무조건 대통령이라 말했을 수도 있다. 지금 생각해 보면 그 당시 학부모님들도 대통령에 대한 기대치가 늘 수준 미달이라 내 아들이 진짜 훌륭한 대통령이 되어 우리나라를 책임져주길 바랐는지 모른다. 하여튼 대통령의 역할도 모르면서 아이들은 대통령이 되고 싶어 했다. 그중에는 공부도 열심히 하며 책임감이 강한 아이도 있었고 또 공부는 하위권이나 학급 일에 봉사를 잘하는 아이도 있었다. 또 공부도 잘하며 영민하나 무척 이기적인 아이도 있었고 거짓말을 밥 먹듯 하여 반 친구들에게 신용불량자로 낙인찍힌 아이도 있었다. 이 중에서 누가 대통령이 되면 좋을까?

지금의 대통령과 정치인들을 바라보며 비난만 할 것이 아니라 우리 자신도 한 번쯤 돌아다보아야 한다. 학연, 지연, 혈연 등을 따져 선출한 일부 국민들의 잘못도 크기 때문이다. 나도 이런 부끄러운 경험이 있다. 경제적인 위상이 과거보다 높아졌다고 자부심을 갖는 것도 좋지만 사람과 세상을 보는 통찰력을 길러야 한다. 관찰이 아닌 통찰력으로 국민 각자가 지도자를 보는 안목이 길러진다면 올바른 정치도 기대할 수 있지 않을까.

도서관 풍경

집에서 도보로 3분 거리에 구립 도서관이 있다. 베란다에서 매일 바라보는 건물이다. 바로 코앞에 도서관이 있는 것은 큰 행운이며 나에게 둘도 없는 자랑거리다. 마음만 먹으면 안방 드나들 듯 갈 수 있는 곳이기 때문이다. 역시 독서는 종이책으로 읽어야 제맛이 난다. 나는 전자도서관을 잘 이용하지 않는다. 한 장 한 장 침을 발라가며 손으로 책장을 넘기는 재미는 쏠쏠하다. 참새가 떡 방앗간을 그냥 지나치지 못하듯 나는 시장을 오가거나, 산책길에서 돌아올 때도 꼭 도서관에 들른다. 읽기도 하고 대출만 해오기도 하며 백화점에서 아이쇼핑을 하듯 그저 책 구경만 하다 올 때도 있다. 언제 들러도 형언할 수 없는 그 무엇으로 가슴이 충만해지는 곳이다. 진열된 책장 앞에 서면 나도 모르게 아늑해지면서 평화롭다. 그래서 나에게 도서관은 행복한 공간이다.

낯익은 책들만큼 낯익은 사람들도 많다. 도서관은 많은 단골손님을 갖고 있다. 한 아저씨는 이틀에 한 번 꼴로 보는데 알고 보니 우리 아파트 옆 동의 아저씨였다. 키가 크고 날씬하며 깔끔한 외모의 아저씨는 한 오십 초반 정도로 보이는데 내가 들르면 항상 바른 자세로 독서삼매경에 빠져 있다. 독서 후 또 천 가방에 한가득 책을 빌려가기도 한다. 요즘 보기 드문 독서광이다.

고등학생부터 팔십 대 어르신들까지 도서관을 이용하는데 학생들은 대부분 문제집으로 공부를 한다. 자격증을 따기 위해 전문 서적으로 공부하는 성인들도 많이 있다. 신문이나 잡지를 읽는 사람들도 있고 나처럼 그저 한가하게 책을 즐기는 사람들도 있다. 언제 가도 정겨운 풍경이다.

도서관은 KDC 즉 한국십진분류법에 따라 000에서 900까지 잘 분류되어 있어 가는 곳마다 다른 종류의 책을 만날 수 있다. 꼭 맛있는 뷔페식당에 온 기분이다. 이것저것 내 입맛대로 골라 담아서 먹을 수 있다. 먹기 싫으면 눈요기만 하고 가도 된다. 또 나중에 먹고 싶으면 입맛대로 골라서 포장해 갈 수도 있다. 이래저래 최상의 서비스로 늘 나를 맞아주는 도서관이 그저 고맙다.

도서관은 수많은 사상과 사색이 머무는 공간이기도 하다. 장서 사이를 조용히 거닐며 귀를 쫑긋 세우면 수많은 이야기 꾼들이 각자의 언어로 온갖 이야기를 쏟아낸다. 경이롭고 신비스러우며 새로운 체험이다. 한참 후에 서고에서 한 권을 선택한다. 한 권의 책 앞에 서면 나는 글쓴이의 산고에 고개가 숙여진다. 그리고 겸손을 배운다. 여기서 아는 체를 하면 큰 망신을 당한다. 너무나 방대한 지식의 저장고 앞에 내가 아는 것은 어느 정도일까? 해변의 모래알 하나도 안 될 것이다.

나는 오늘도 이 공간에서 배운다. 겸손을, 사랑을 그리고 더 넓은 세계를. 그리고 접한다. 실타래처럼 뒤엉킨 복잡한 시대를 사는데 꼭 필요한 정보를! 또 만난다. 내가 가보지 못한 세계 여러 곳의 과거와 현재의 사람들을!

네 잎 클로버

자주 가는 어린이공원에는 토끼풀이 지천으로 깔려있다. 토끼풀은 클로버의 우리 이름이다. 해마다 공원에 토끼풀이 늘어나는 걸로 봐서 번식력이 강함을 가늠할 수 있다. 지금은 '전원 어린이 공원' 이란 이름표를 달고 있는 이 공원이 몇 년이 흐르면 '토끼풀 공원' 으로 바뀌지 않을까 싶다. 나는 토끼풀을 보면 습관적으로 앉아서 네 잎을 찾기 시작한다. 사람들이 말하는 행운의 네 잎 클로버를. 행운을 바라서 찾는 거도 아니고 그냥 습관이다.

유년 시절 나는 넓은 토끼풀 밭에서 혼자 네 잎 클로버 찾기를 하며 오래도록 시간을 보냈다. 고향인 시골에서 아버지는 목회를 하셨는데 교회 사택 마당 한 부분은 그야말로 온통 토끼풀 밭이었다. 놀 친구가 없을 때는 사택에 갔는데 아버지가 바쁘시면 나는 혼자 풀밭에 앉아서 네 잎 클로버를 찾곤 했다. 혼자라도 지루하지 않았고, 시간 가는 줄도 모르고 놀았었다. 이런 나를 보고 동네 언니들은 어디서 들었는지 장난스럽게 말했다.

"네 잎 클로버는 행운이지만, 다섯 잎을 찾으면 불행이 온단다."

"왜 그런데?"

"나폴레옹 병사 중 하나가 네 잎 클로버를 보고 앉는 순간 총알이 머리 위로 지나갔대. 그러니까 그 병사를 살린 것은 네 잎 클로버지."

"그런데 왜 다섯 잎 클로버는 불행이야?"

"다른 한 병사가 다섯 잎 클로버를 보고 뜯으려고 앉는 순간 총알이 얼굴로 지나갔대. 그러니까 다리만 다칠 걸 죽었으니 불행이지."

언니들 이야기가 재미있고 그럴 듯하여 그대로 믿었다. 어쩌다 다섯 잎이나 그 이상의 잎을 찾으면 얼른 뜯어 버렸다. 지금 생각하면 픽 웃음이 나온다.

어릴 때부터 혼자 놀며 생각하는 데 익숙해서인지 나는 지금도 혼자 하는 일을 즐긴다. 혼자 먹기, 혼자 걷기, 혼자 쇼핑

하기, 혼자 여행하기 등 세상에는 혼자 즐길 수 있는 게 진짜 많다. 무엇보다 독서는 혼자서 즐길 수 있는 최고의 선물이다.

오늘도 공원에 와서 잠시 운동을 하고 습관처럼 토끼풀 밭에 앉았다. 이 토끼풀 밭에는 큰 특징이 하나 있다. 그렇게 많은 토끼풀 중에 네 잎은 하나도 없다는 것이다. 모두가 세 잎이다. 내가 이 공원을 이용한 지가 3년이 넘었는데 올 때마다 몰입해서 찾아봤지만 허망하게도 네 잎은 발견하지 못했다. 그런데 오늘 거짓말처럼 찾았다! 네 잎 클로버를 일곱 개, 그리고 다섯 잎 클로버도 한 개 찾았다. 등 굽은 소나무 발치에서 그것도 딱 내 손바닥 크기의 좁은 땅에서 옹기종기 붙어서 살고 있었다. 네 잎 클로버 씨앗이 따로 있어 그 곳에만 뿌려 놓은 것 같았다. 나는 유년 시절처럼 가슴이 뛰었고 토끼풀에 아무 관심이 없던 남편도 신기한지 잎을 요모조모 뜯어봤다. 행운의 네 잎 클로버를 한 개도 아닌 일곱 개를 찾자 어딘가에서 생각지도 못한 행운이 우르르 한꺼번에 몰려오지 않을까 하는 기분 좋은 상상을 하며 마음이 들떠있었다.

순간 무드 없는 남편이 내 설렘에 구멍을 내어 바람 빠진 풍선처럼 일그러뜨리는 말을 했다.

"이건 돌연변이야. 땅이 안 좋은가 보다."

남편은 내가 준 선물을 공중으로 던지며 말했다. 네 잎 클로버가 빙빙 프로펠러처럼 땅으로 떨어졌다. 그 순간 내 기분도 함께 땅에 떨어졌다. 생각이 달라도 나와 너무나 달랐다. 어쩌면 남편의 말이 맞는지도 모른다. 그러나 나는 공감이 가지 않아 정색을 하며 반박했다.

"아니야, 땅이 좋으니까 이렇게 네 잎이 몰려 있지."

돌연변이라면 그 곳 땅이 남편의 말대로 안 좋은 것인지 다른 이유가 있는지 모른다. 네 잎 클로버는 세 장의 클로버 잎 가운데 백만 분의 일 확률로 일어나는 돌연변이체라고 한다. 하지만 돌연변이든, 우연이든 그 이유를 정확하게 알고 싶지 않다. 다만 네 잎 클로버가 통설대로 행운이라는 좋은 의미를 가졌기 때문에 오늘 하루, 지금 있는 그대로의 내 삶을 행운으로 받아들이라는 좋은 의미로 생각하고 싶었다.

내 삶의 오답노트

　　　　　　　　　　딸아이가 중학교 다닐 때 나는
오답노트 작성을 몇 번 거들어 주었다. 바쁘고 피곤한 아이를
돕기 위함이었는데 엄밀히 말하자면 딸아이가 나에게 부탁한
것이다. 물론 틀린 문제를 손으로 직접 쓰는 것은 엄마가 해
줄 수 없는 것이고 가끔 내가 도울 수 있는 것은 시험지에서
틀린 문항을 통째로 오려서 오답노트에 풀로 붙이는 것이었
다. 지극히 단순한 작업이었지만 흥미도 있었고 아이 공부를
도와준다는 생각에 뿌듯하기까지 했다. 이렇게 내가 오답노
트에 오답 문항을 오려 붙여 놓으면 아이는 정답을 알아내기
위해 끈질기게 풀고 또 풀었다. 잠시 후 딸아이가 자기 머리를
콕 쥐어박으며 말한다.

"에고 바보야, 또 실수했네. 쯧쯧."

딸아이는 비교적 스스로 공부하는 습관이 잘 되어 있어 오답노트도 아주 효과적으로 활용하는 것 같았다. 검은색 볼펜으로 정리하고 또 한 번 핵심이다 싶은 곳엔 빨간색 볼펜으로 밑줄을 긋기도 하며 형광펜으로 덧입혀 강조하기도 했다. 다음엔 절대로 실수를 하지 않고 완벽하게 풀겠다는 의지가 대단했다.

틀린 문제를 다시 적어보고 풀어봄으로써 틀린 이유도 알아내면 다음엔 틀리지 않을 것이다. 그런데 끝내 풀지 못하는 문제는 어쩌랴. 오답노트에서 팔이 아프도록 볼펜을 굴려도 내 능력으로 못 푸는 문제는 포기할 수밖에. 특히 수학, 고난이도의 문제 앞에서 아이는 힘을 잃었다. 무조건 완벽하게 정답을 알아내려고 자정이 넘도록 오답노트와 씨름하는 아이가 안쓰럽기도 했다. 평소 공부를 잘해 자신감이 있는 딸아이였지만 오답노트 앞에서는 왠지 기가 죽고 한없이 낮아지는 것 같았다.

문득 책장을 정리하다 오래 된 딸아이의 오답노트를 발견했다. 한 장 한 장 넘겨보니 일반 노트보다 더 정성을 기울인 흔적이 보인다. 실수를 해서 틀린 문제, 처음부터 잘 몰라서 못 푼 문제들을 다시 옮겨 적고 머리를 싸매고 푼 흔적이 고스란히 빛바랜 색깔로 남아 있었다.

지금껏 나의 삶에서도 오답이 많았을 것이다. 아이처럼 뻔히 알면서도 실수를 한 일들도 많았고 처음부터 잘 모르고 덤벼들다 일을 그르친 경우도 얼마나 많았을까. 나도 오늘은 내 삶의 오답노트를 정리해봐야겠다. 딸아이가 시험을 친 후 꼬박꼬박 오답노트를 정리하듯 살면서 '내 삶의 오답노트'를 부지런히 썼더라면 지금의 나보다 훨씬 성장하고 나이게 걸맞게 성숙했을 것이다. 같은 실수를 매번 반복하지 않았을 것이고 옳은 길 좋은 길이 아니다 싶으면 빨리 더 나은 길로 방향 전환을 했을 것이다. 또 못 오를 나무를 부러운 눈길로 쳐다만 볼 것이 아니라 실패를 두려워하지 않고 도전했을 것이다. 또 시류에 편승되어 '나'를 잃고 갈팡질팡하는 시간도 줄였을 것이다. 주식시장의 상한가처럼 내가 다다를 수 있는 목표치에 한계선을 긋고 자족하며 안일하게 살아온 날들도 얼마나 많았던가.

물론 인생이 정답이 있는 것은 아니다. 삶이 깊고 오묘해서 해답도 여러 가지가 될 수 있다. 그러나 분명 오답도 존재한다. 해가 거듭할수록 내 삶의 오답노트는 점점 두꺼워질 것이다. 불완전하며 부족하기 짝이 없는 나를 반추하게 하는 내 삶의 오답노트 앞에서 나는 딸아이처럼 기가 죽을 것이다. 그러나 한 단계 더 성장할 것이다.

명품 가방 명품 인생

몇 년 전 부모님을 모시고 우리 네 자매들이 제주도 여행을 갔을 때의 일이다. 에코랜드를 이용하려고 줄을 섰는데 갑자기 비가 왔다. 돈이 좀 아깝긴 했지만 일회용 비옷을 사람 수대로 샀다. 빗속으로 나서며 언니 혼자 들고 있던 가방을 비옷 안으로 후딱 집어넣으며 끌어안았다. 가방을 참 아끼나보다 생각하며 나는 웃었다. 옆에 있던 동생이

"역시 명품 가방은 표가 나네."

라고 말해 나는 언니가 가방을 비옷 안으로 급히 집어넣은 이유를 알았다. 그 가방은 언니가 선물 받은 소중한 것이었다.

나는 명품 가방에 대한 상처가 있다. 한번은 남동생한테 선

물 받은 유일한 명품 가방을 들고 교회로 갔다. 그 가방은 남동생이 미국에서 공부하다 돌아오는 길에 면세점에서 산 것이다. 네 명의 누나들 중에 유일하게 나한테 가방 선물을 한 걸 보면 내가 명품 가방이 없다는 걸 알지 않았을까 싶기도 하다. 나는 그 가방을 어느 가방보다 아끼며 소중하게 다루었다. 그러나 한 2년쯤 쓰자 소재가 천으로 되었고 색상 또한 연해서 볼펜 자국이나 때 묻은 표시가 나기 시작해 고민이 되었다. 누가 드라이크리닝을 하라는 것이다. 나는 가방을 한 번도 드라이크리닝해 본 적이 없었지만 좋은 가방이라 할 수 없이 거금 3만 5천 원을 주고 세탁소에 맡겼다. 완전 새것으로 거듭나기를 기대했지만 원래가 은은한 베이지색이라 그런지 드라이크리닝한 표가 별로 나지 않아 3만 5천 원이 몹시 아까웠다. 하지만 그런대로 만족하며 그 가방을 여전히 애용했다.

그런 어느 날 교회 예배 후 티타임 때였다. 커피를 마시며 정담을 나누는데 내 옆에 있던 사람이 내 가방을 힐끔 보더니

"아이고 골동품이네."

라고 말했다. 뜻밖의 말에 너무 당혹스러워 할 말을 잃었다.

내가 침묵하자 그 사람의 눈길이 내 가방에서 옆 사람 가방으로 옮겨갔다. 무슨 말인가 또 나올 것 같아 그 사람의 입을 지켜보았다.

"이 가방, 참 좋네."

내 가방과 정반대되는 말에 나는 당황 수준에서 황당한 단계로 이어졌다. 나는 말재주가 좀 있는 편이고 농담 또한 잘해 웬만하면 재치 있게 받아넘기는데 그 순간은 너무 충격을 받아 혼란스러워진 내 마음을 나 혼자 수습한다고 애를 먹었다. 그 가방이 나한테는 유일한 최고의 명품이었는데 그 사람의 눈에는 완전 고물딱지로 보였나 보다. 그 말을 듣고 다소 상처를 받았지만 나는 그 가방을 한참 더 들고 다녔다. 선물이라 소중했고 나한테는 유일한 명품이었으니까.

나는 명품에 관심이 없는 편이다. 직업 탓에 정장 스타일을 선호했지만 내 형편에 좀 비싸다 싶은 옷은 세일 기간에 아주 가끔 구입했다. 그리고는 보통의 가격으로 내 스타일에 맞는 옷을 구입해 코디했다. 옷은 여러 벌 있으면 출근할 때 좀 편하지만 가방이나 신발은 두세 개만 있어도 충분하다고 생각한다. 그래서 나는 가방을 하나 사면 오래도록 들고 다닌다. 지금까지 내 돈으로 10만 원 이상 주고 산 가방은 없다. 세일하여 다 10만 원 미만이며 그 이상 가격의 가방은 다 선물 받은 것이다. 남편도 이런 나를 알기에 명품 가방을 사줄 생각을 안 한다. 비싼 가방을 살 돈이 있으면 우리는 그 돈에 맞추어 여행 계획을 짤 것이 뻔하다. 딸아이도 나를 닮아서 그런지 명품에 관심이 없다. 딸아이는 야근으로 잠이 부족하다 느끼며 고생해서 번 돈으로 국내외 아동을 후원하고 있는데 후원 아이로부터 감사의 편지가 오면 좋아서 어쩔 줄을 모른다. 그 기쁨이 명품을 소유했을 때보다 훨씬 값진 것 같다. 또래 친구들이 하나쯤은 다 가지고 있는 명품 가방에 딸은 관심이 없다.

명품 가방, 명품 옷, 명품 시계 등 보통 수준의 사람들로서는 상상 못할 만큼 고가의 명품들이 많다. 한때 '모모스족'이란 신조어가 유행했다. 모모스는 '모두가 빚, 모두가 짝퉁'이라는 뜻이다. 빚을 내서 명품을 사거나 체면을 위해 짝퉁이라도 사는 사람들을 비꼬는 말이다. 명품을 사다 신용불량자가 된 사람도 많다고 하니 참 한심한 노릇이다. 명품을 소유한다고 명품 인생이 되면 얼마나 좋을까만 그렇지 않다.

한번은 후배 교사를 따라 시내 골목으로 갔다. 좁은 골목에 그녀의 가방 가게가 있었다. 그녀는 낮에는 교사로 퇴근 이후에는 가방 가게를 운영하며 투잡을 하고 있었다. 골목도 좁았지만 가방 가게도 아주 작았다. 가게 안의 가방들은 모두가 짝퉁이라고 했다. 서랍 안에는 명품 가방의 로고가 잔뜩 들어있었는데 짝퉁 가방에 진짜 로고를 붙여 놓으면 단속반에 걸린다고 했다. 하긴 그 로고도 짝퉁일 것이 뻔하다. 누군가 짝퉁 가방을 사면 그 가방에다 명품 로고를 붙여 준다고 했다. 가게 안에는 명품 가방 사진이 나와 있는 책자가 있었다. 그 책자를 보고 손님이 원하는 대로 주문 제작해 준다고 했다. 수입이 짭짤한 것 같았다. 간이 작은 나는 후배가 혹시 단속반에라도 걸려 혹시 교사 자격까지 박탈당할까 봐 가게를 얼른 처분하라고 권했지만 걱정할 게 없다고 했다. 지금까지 무탈했다는 것이다. 그리고 단골이 많으며 너무 싼 거보다는 적당히 싼 짝퉁을 선호한다는 것이다.

짝퉁이라도 둘러메고서 명품인 양 위안받으며 체면을 유지하고 싶은 그 마음이 안쓰럽다. 가짜가 진짜처럼 행세하는 게 어찌 가방뿐일까. 그래도 짝퉁 가방을 들고서 명품 인생을 사는 게 명품 가방을 들고서 명품 인생을 못 사는 사람보다는 낫지 않을까?

공원의 아이들

세월 따라 공원의 풍속도도 다른 것 같다. 요즘 평일에 공원에 가면 아이들을 보기 어렵다. 내가 자주 찾는 공원은 '전원 어린이공원'인데, 말이 어린이 공원이지 갈 때마다 노년의 어르신들이 모여 한담을 즐기거나 운동기구에서 가볍게 운동을 하고 있다. 늘 그렇다. 요즘의 아이들은 동네 공원에서 한가하게 놀 시간이 없다. 학교 수업이 끝나면 의무교육처럼 학원에 가서 또 공부를 하고 드물게 학원에 안 다니는 아이들도 밖에서 뛰놀기보다는 혼자서 게임하는 걸 더 좋아한다. 그러다보니 아이들 소리로 시끌벅적해야 하는 어린이 공원은 늘 연세 많은 어르신들 차지로 시골의 노인정을 방불케 한다.

그런데 오늘은 달랐다. 공원 입구에 이르자 아이들 소리로 와글와글 시끄러웠다. 정말 어린이공원다웠다. 눈어림해보니 열대여섯 명 정도는 되어 보였고 덩치를 보니 초등학교 삼사 학년쯤으로 보이는 남학생들이었는데 유일하게 여학생 하나 가 끼어 있었다. 아마 어린 여학생은 오빠를 따라 온 것 같다. 놀이기구를 타며 깔깔거리기도 하고 뛰며 달리기도 했다. 또 삼삼오오 모여 시끌벅적하게 떠들었다. 모처럼 아이들의 함 성으로 생기는 돌았지만 눈살을 찌푸리는 것은 간혹 섞여 나 오는 욕설이었다. 한 아이가 운동을 하고 있는 나에게 다가와 심각한 표정으로 묻는다.

"아주머니, 꽃잎을 먹으면 죽지요?"

뜻밖의 질문이었다. 동그랗게 뜬 눈 사이로 미간이 살짝 찌 푸려진다. 심각하게 묻는데 쉽게 대답할 수 없었다. 아마 친구 가 공원에 있는 꽃잎을 따먹었을 거란 예감이 스쳐갔다.

"먹을 수 있는 꽃잎은 많지만 요즘 공기 오염이 심해 안 먹 는 게 좋아. 배가 아플 수가 있거든."

죽을 수 있다는 말은 차마 못하고 대충 이렇게 설명했다. 그 러자 옆에 서 있던 친구가 고개를 끄덕이며 안심하는 눈치다. 방 안에서 혼자 게임에 빠져 있다면 언제 친구들과 뛰며 달리 며 꽃잎을 따먹는 체험을 하랴! 이렇게 아이들은 좁은 동네 공원이었지만 온갖 체험을 하며 서로 소통하며 인간관계를 맺어가고 있었다.

어떤 아이가 직사각형 모양의 기기로 음악을 크게 틀어놓자 아이들은 놀면서 가락에 맞춰 춤을 추기도 하고 신나게 흥얼거렸다. 그 표정들이 참 행복하게 보였다. 학교 음악 시간에 좀처럼 볼 수 없는 풍경이라 놀랍기도 했다. 처음에 내 귀에는 가사가 외국어로 들렸는데 가만히 들어보니 우리말로 노래했다. 잘 모르긴 해도 신세대 가수의 인기 있는 노래 같았다. 역시 요즘 아이들은 동요보다 대중가요를 좋아한다.

그렇다! 아이들은 음악 시간에 배운 창작 동요나 전래 동요를 즐겨 부르지 않는다. 요즘 아이들은 신세대 가수들의 대중가요에 매료되어 흥얼거리며 행복한 표정을 짓는다. 그런 아이들 표정이 현직에 있을 때 동료 교사의 말을 떠올리게 했다. "요즘 아이들은 동요를 잘 안 부르니 교과서의 동요를 모두 뽕짝으로 바꿔야 할 것 같아요."라는 말이 오늘따라 더 진한 공감으로 다가왔다. 언제 어디서고 아이들은 동요를 즐겨 부르지 않는다. 일기장 검사를 해봐도 알 수 있다. 요즘 초등학생들은 생일날이 되면 맛있는 먹거리 파티를 하고 2부 순서로 노래방에 가는데 모두가 대중가요를 부른다. 노래 제목들을 일기에 적어 놓았지만 신세대 가수 노래라 내가 알 리 없다.

그때마다 안타까움을 느낀다. 사실 동요의 가사는 참 맑고 밝으며 한 편의 시 같다. 어른이 된 나도 가사를 음미하며 동요를 부르면 찌든 마음이 정화되고 영혼이 맑아짐을 느낀다. 그런데 많이 불러야 할 아이들한테 인기가 없으니 걱정이다. 동요가 문제인지 아이들이 문제인지 모르겠다. 그리고 그들이 듣고 있는 노래의 가사가 궁금해 귀를 쫑긋했지만 랩 음악이라 대체 무슨 말인지 모르겠다. 아이들은 가사를 음미하며 흥얼거리는 걸까? 그렇다면 더더욱 가사는 건전한 것이어야 하는데. 차라리 가사를 이해 못 하는 외국 노래라면 걱정을 안 해도 된다. 그저 느끼면 되니까. 학창 시절 나는 수많은 팝송을 들으며 따라 부르기도 하고 무척 행복해 했다. 지금 생각해 보니 가사를 음미하며 부른 것은 별로 없다. 가사가 뭘 뜻하는지도 모르고 그냥 좋아서 들으며 느꼈을 뿐이지만 신기하게도 영혼의 울림은 컸다.

지금의 동요들을 뽕짝 풍으로 바꾸든 랩 음악 형식으로 바꾸든 가사가 건전하고 아이들이 즐겨 부른다면 어떤 형식도 좋을 것 같다. 말초신경을 자극하는 사랑과 이별의 아픔이 아닌 밝고 맑은 희망의 노랫말이라면 괜찮지 않을까? 찬밥 신세로 밀려나 불리지 않는 것보다는 나을 것이다.

모처럼 어린이공원이 활기를 찾았다. 어린이공원답다. 역시 하늘엔 별이 있어 아름다운 것처럼 어린이공원에는 아이들이 있어 아름답다. 땀이 나도록 뛰노는 아이들을 자주 만나고 싶다. 나는 공부하는 아이들보다 열심히 노는 아이들이 예쁘다. 뛰노는 아이들 머리 위로 꽃잎을 떨어뜨리는 벚나무가 오늘따라 정말 아름답게 보인다. 공원에 뿌리내린 벚나무가 오늘처럼 고맙게 느껴진 적은 없었다. 햇살이 비껴드는 공원에서 아이들의 함성에 꽃잎은 그림처럼 날리고 있었다.

500원의 가치

화폐가치는 세월에 따라 달라
질 수 있다. 그러나 요즈음 국수 한 그릇 값의 1/10인 500원으
로 커피를 배달시킬 수 있다면 말도 안 되는 소리라고 픽 웃을
수도 있다. 그러나 요즈음 내가 종종 경험하는 일이다. 우리
집 근처에 자리한 근린공원에는 커피를 비롯한 각종 차와 어
묵을 파는 트럭이 매일 문을 연다. 산책하다 보면 트럭 주위에
삼삼오오 짝을 지은 어르신들이 차를 마시며 한담을 즐긴다.
세월의 나이테가 칠팔십은 족히 되어 보이는 어르신들이다.
트럭의 주인은 생계 수단으로 장사를 하겠지만 동네 어르신
들과 산책을 하거나 운동하러 오는 사람들에게는 참 고마운
곳이다. 나는 그 트럭에서 파는 커피 한 잔이 500원인 것을 한

할머니로부터 알게 되었다. 우연히 산책길에 만나서 친구처럼 지내는데 나이가 일흔이 넘었다. 그런데도 함께 있으면 따스한 온기가 저절로 전해올 정도로 다정한 분이다. 나보다 엄청 나이가 많지만 겸손하고 예의 바르게 나를 대해주어 나도 모르게 옷깃을 여미고 나를 살피게 된다. 고향 사람을 만난 듯 언제 만나도 푸근하고 기분 좋은 사람이다.

어느 날 산책 후 벤치에 앉아 있는 그분을 보고 인사하러 갔더니 커피 한 잔을 사주겠다고 했다. 순간 나는 잠시 망설였다. 나는 산책하는 동안만이라도 사색에 걸림돌이 되는 것으로부터 스스로 벗어난 자연인이 되고 싶다. 그래서 휴대폰이나 지갑도 소지하지 않는다. 그래서 커피를 사도 젊은 내가 사야하는데 살 형편이 못 되었다. 그렇다고 거절하면 그 분이 더 미안해 할 것 같았다. 그래서 고맙다고 하며 다음에는 내가 사겠다고 했다. 그러자 그 분은 휴대폰으로 전화를 했다.

커피 값은 500원이라 했다. 500원 하는 커피를, 그것도 배달시켜 달라고 하다니 어처구니가 없다는 생각이 들기도 하고 신기하기도 했다. 내가 저만치 눈앞에 빤히 보이는 트럭을 쳐다보며 직접 가서 커피를 받아오겠다고 하니 어림도 없었다. 대부분 공원에 산책이나 운동 나온 어르신들이 시켜 먹기 때문에 한 잔도 벤치까지 배달해 준다는 것이었다. 나는 500원짜리 커피를 대접 받으며 참 행복했다. 그 후 나는 산책길에 일부러 천 원짜리 지폐를 갖고 가서 그분이랑 두 잔을 배달해 마셨다. 적은 돈으로 커피를 대접할 수 있어서 부담이 없었다. 비록 500원짜리, 종이컵에 담긴 믹스커피지만 벤치에 앉아 파란 하늘을 이고 숲속 나무들을 벗 삼아 마시는 맛은 이름난 카페의 커피 맛에 비길 수 없다. 커피 값이 없어 속상해하는 사람이 있다면 이 공원 벤치로 초대하고 싶다. 기꺼이 이 자연 카페로 따끈한 커피 한 잔을 배달시켜 드릴 수 있다. 하지만 즐기는 것은 그대의 몫이다.

또 500원이라면 내가 다니는 교회의 점심 한 끼 값이다. 주일 날 성도들은 500원짜리 식권을 사서 점심을 먹는다. 식당에서 칼국수 한 그릇의 값이면 열 사람에게 식사 대접이 가능하다. 그래서 나는 주일 날 가끔 고마운 사람들에게 500원짜리 밥을 대접하며 생색을 내기도 한다. 내가 대접 받을 때도 있다. 별 볼일 없는 500원짜리 동전 같지만 정을 낼 수 있고 남을 대접하기에 충분하다.

나는 500원짜리 정도의 가치는 있는 사람인가? 이 세상 누군가에 한 잔의 따뜻한 커피가 되고, 주린 배를 채워줄 수 있는 한 그릇의 밥이 되는 그런 사람.

2부

나도 좀 낑가줄래

나는 살면서 이 말을 많이 했어야했다. '나
도 좀 낑가줄래?' 라는 말을 많이 하고 살았
더라면 사고의 폭도 삶의 폭도 더 넓었을
것이다.

나도 좀 끼가줄래?

한번은 친구와 이야기를 나누는데 친구가 나 보고 "나도 좀 끼가줄래?"라고 했다. '끼가줄래'는 경상도 사투리로 '끼워 달라'는 뜻이다. 기억은 잘 안 나지만 내가 경험한 신나는 일을 이야기했는데 자신도 거기에 좀 끼워 달라, 즉 자기도 함께 하고 싶다는 뜻을 전달했다.

"좀 끼가줄래?"

얼마나 다정하고 정겨우며 겸손한 말인가. 나는 이 말을 듣는 순간 한줄기 전율을 느꼈다. 지금까지 한 번도 이 말을 써 본 적이 없었기 때문이다. 나는 살면서 이 말을 많이 했어야했다. '나도 좀 끼가줄래?'라는 말을 많이 하고 살았더라면 사고의 폭도 삶의 폭도 더 넓었을 것이다. 하지만 나는 이 말을 한 번도 내뱉지 못하고 살았다. 왜 그랬을까? 나름 분석해보니 어려서는 내성적이며 부끄럼 많은 내 성격 탓일 것 같다. 철이 들어서는 약간의 자존심 같은 게 작용한 것 같다. '끼워 달라'는 것은 쓸데없는 자존심 따위는 버리고 '그 공동체' 속에서 나도 기꺼이 함께 하고 싶다고 간곡히 부탁하는 말이다. 또 끼워 주기 전에 끼워 달라고 먼저 손을 내미는 뜻도 된다. 또 '좀'이라는 부사가 붙으면 부드러움을 더해 주어 상대가 형편상 못 끼워줘도 덜 미안하게 만든다.

달리는 차 안에서 친구와 이야기를 나누었는데 무슨 이야기인지 기억은 안 나지만 그 당시 나는 친구한테 흔쾌히 '낑가줄게'라고 말했고 그 말(나도 좀 낑가줄래?)이 주는 다정함과 겸손함에 매료되어 그 날 이후 나는 용기 있게 그 말을 많이 사용하고 있다.

이런 일이 있었다. 아주 작은 시골 학교에 근무하며 4학년을 맡고 있었던 것 같다. 반 아이들 모두가 열 명 남짓 되었고 여학생이 여섯 명쯤 되었다. 남학생들은 사이좋게 지내다가 가끔 언성을 높이며 몸싸움을 해도 그때뿐이었다. 다음날이 되면 언제 그랬냐는 듯이 축구도 하며 같이 어울려 다녔다. 그런데 여학생은 그게 아니었다. 도시 학급에 비하면 겨우 한 모둠 수밖에 안 되는 여섯 명의 아이들이 수시로 분열되고 누군가를 고립시키는 것이었다. 한번은 Y라는 아이가 왕따가 되었다. Y는 학급에서 공부도 제일 잘하고 마음이 넓으며 성품이 착했다. 다른 다섯 명의 여학생이 운동장에서 깔깔거리며 놀이를 할 때 Y는 교실에 혼자 앉아 책을 읽었다. 며칠을 그랬다. 독서가 좋아서가 아니라 어쩔 수 없이 선택한 외로움을 벗어나는 방법이다. 종종 친구가 없거나 왕따를 당하는 아이들이 쉬는 시간에 제자리에서 독서를 한다. 보기가 딱해서 말을 걸었다.

"밖에 나가서 친구들이랑 같이 놀지?"

"놀기 싫어요."

풀이 죽은 말이었다. 그 말의 의미는 '난 놀고 싶지만 친구들이 안 끼워져서 못 놀아요.' 라는 걸 금방 알 수 있었다. 나는 왕따병 처방을 위해 Y를 제외한 여학생들을 따로 불렀다.

"왜 Y를 왕따시키냐?"

내 말에 아이들은 서로 눈치를 보며 침묵했다. 침묵은 곧 자기들의 잘못을 인정한다는 뜻이다. 잘못을 알았으니 당연히 왕따가 사라질 거라 여겼다. 다음부터는 '같이 놀아라' 고 훈계를 했는데도 다음 날 Y는 여전히 쉬는 시간에 혼자 책을 보고 있었다. 갈등이 생겼다. 다시 다그칠까 망설이다가 당분간 두고 보기로 했다. 며칠이 지나자 Y는 친구들 틈에 끼어 놀이를 하며 깔깔댔다. 다섯 명의 여자아이들이 신나게 노는 소리를 들으며 교실에 혼자 앉아 책을 읽는 Y의 기분은 비참했을 것이다. 차라리 고독한 휴식 시간보다 공부 시간이 더 좋았을 수도 있다. 그때 내가 최근에 깨달은 '나도 좀 낑가줄래?'의 깊은 의미를 알았다면 Y에게 가르쳐 주었을 텐데. 지금 생각하니 Y에게 참 미안하다. 물론 왕따 시킨 아이들이 나쁘긴 해도 Y가 먼저 "나도 좀 낑가줄래?"라고 손을 내밀며 다가섰다면 틀림없이 아이들은 '예스'라고 했을 것이다. 오히려 미안해하며 함께 놀아주었을 것이다. Y는 이 말을 하는 걸 자존심 구겨지는 일로 여겨 하지 못하고 쉬는 시간마다 혼자 고독과 싸워야했다.

"나도 좀 낑가줄래?"

그 친구가 내게 준 커다란 깨우침이었다. 내 생각에도 성자와 같은 위대한 깨달음이었다. 그날 이후 나는 여러 만남에서 인간관계를 더 풍요롭게 했다. 희한하게도 사람들은 '낑가줄래?'라고 말하면 한 번도 거절을 하지 않는 것이다. "응, 당연히 끼워줘야지."라고 응수하며 반색을 한다. 인간의 본성이 '을' 보다는 '갑'이 되길 원하는 쪽 같다. 그래서 끼워달라고 부탁하는 사람을 약간 '을'로 보는 심리가 아닐까 하는 생각을 해본다.

최근에 내가 적극적으로 "낑가줄래?"라고 부탁한 일이 있다. 작년 여름 고향 친구들을 40년이 더 흐른 후에 만나게 되었다. 나는 초등학교 5학년 때 대구로 전학을 와서 고향 학교에서 졸업을 하지 못했다. 졸업을 못했기에 자연적 초등학교 동창회 모임의 자격이 없다. 자격이 없으니 동창회에 한번 오라고 연락이 안 오며 친한 친구 몇 명하고만 가끔 연락할 뿐이다. 대구에 살면서 그게 나한테는 큰 한이 되었다. 1년 조금 넘게 다닌 대구의 초등학교에서는 해마다 체육대회니 동창회니 하며 꼭 참석해 달라고 연락이 오지만 나는 솔직히 관심이 없다. 정이 들지 않아서다. 정을 못 붙인 이유는 내가 유독 고향 친구들에 대해 연연하는 마음이 크기 때문이기도 하다.

　서너 명을 제외하고는 40년이 훌쩍 흐른 뒤 만난 친구들이었다. 얼굴도 이름도 겨우 기억이 날 듯 말 듯했지만 꼭 이산가족을 만난 듯 피붙이에서 느끼는 끈끈함 같은 게 우리의 영혼을 사로잡았다. 같은 마을에서 태어나 함께 느끼며 함께 생각하며 자랐다. 형제애와 맞먹는 우정이 우리들도 모르는 사이에 쌓였고, 그게 단단히 화석처럼 굳어졌을 것이다. 몸은 고향을 떠났지만 모두들 마음은 나이가 들수록 고향으로 더 가까이 다가서고 있었다.

　그래서 해마다 동창회 때면 전국에서 관광버스를 대절해 고향의 초등학교로 몰려온다. 운동장을 주차장처럼 완전 메운 차들을 보고 나는 충격을 받았다. 고향이란 대체 무엇인가?

그런데 나는 작년 여름 고향 친구들을 만난 자리에서 용기 있게 "나는 졸업을 못 했지만 동창회 모임에 좀 낑가줄래?"라고 말했다. 솔직히 거절당할까 봐 겁도 났다. 그런데 친구들의 대답은 눈물겹도록 고마웠다.

"당연하지."

"애, 졸업을 꼭 해야 하나? 우리는 함께 자란 친구인데."

그런데 친구 J가 하는 말이 제일 큰 위로가 되었다.

"야로 초등학교에 같이 입학했으면 다 동창이지 뭐."

곰곰 생각하니 J의 말이 옳았다. 왜 나는 입학 아닌 '졸업'에만 늘 초점을 맞추며 한이 될 만큼 가슴앓이를 했을까? 고향 친구들은 나를 끼워줄 생각을 벌써부터 하고 있었는지 모른다. '낑가줄래?'라고 내가 용기를 내기 전부터.

사진 한 장의 가치

소년은 꿈에 살고 노인은 추억에 산다고 한다. 사진 한 장은 노인에게는 아름다운 추억이 될 수 있다. 그런데 현실은 다르다. 죽음에 가까워지면 사진이 짐이 되고 있다. 자식들이 처리하라고 하기엔 짐이 되고, 그렇다고 추억에 얽힌 모습과 역사가 담긴 소중한 사진을 쓰레기통에 버리기엔 아쉬워 태운다는 것이다. 그런데 신세대는 스마트폰 처리로 이런 번거로움이 없어 다행이다. 여동생은 폰 사진을 옛날에 앨범 관리하듯 정성스럽게 정리한다. 먼 훗날 노인이 되어 놀러 다닐 수 없을 때 모아둔 사진을 보며 장소, 함께한 사람들, 나누었던 이야기들을 떠올릴 수 있어 행복할 것 같다고 했다. 나는 속으로 '늘 오늘을 재미나게 사는 동생이 먼 미래도 생각하고 있구나. 하지만 노후의 행복을 벌써 생각할 필요가 있을까.' 라고 생각했다. 그리고 과거의 사진 한 장이 추억은 불러일으키겠지만 병들어 누워 있는 노년에 무슨 큰 힘이 될까 싶었다. 그런데 아니었다. 얼마 전 책을 읽다가 동생이 했던 말에 공감이 갔다. 어쩜 간호학을 전공한 동생은 상상의 힘이 큰 행복을 준다는 것을 인지했는지도 모른다.

레이첼 나오미 레멘이 쓴 『할아버지의 축복』이란 책을 보면 의사인 그녀는 '환자들을 위해 상상력을 활용하는 기법' 이란 주제로 영국의 한 병원에서 강의를 했다. 그 당시만 해도 청중 대부분은 '정신과 육체의 연관성과 잠재적인 힘' 에 관한 지식이 일천日淺했다고 한다. 그래서 청중은 강의 내용에 회의적이었지만 가슴을 울릴 만큼 감동적인 한 사람이 있었다. 바로 그 병원 관리직에 있다가 은퇴하고 봉사 중이던 사람이다. 그분은 대부분이 노인인 환자들에게 아무리 친절하게 대해주어도 슬프고 어둡고 기쁨이 없어 놀랐다는 것이다. 그래서 노인들의 기분을 즐겁게 해드리려고 자신이 가지고 있는 그림과 포스터를 가져와 원하는 사람들에게 빌려주기도 하고 병실 벽에 붙여놓았다. 그런데 오랫동안 입원한 할머니가 그림에 빠져 있었다. 바로 프랑스 화가 쇠라 작품인 「그랑드 자트 섬의 일요일 오후」란 소풍을 즐기는 모습을 그린 그림이다. 할머니는 그림 속의 장소로 가고 싶다고 말했고, 봉사자는 할머니에게 눈을 감고 상상 속에서 실제로 그곳에 가 있다고 생각하며 느껴보라고 제안했다. 할머니는 눈을 감고 그곳 모습을 말했고 새들이 지저귀는 소리, 흐르는 시냇물 소리도 듣고 풀잎 향기까지 맡을 수 있었다는 것이다. 그 후 할머니는 훨씬 편안한 모습으로 변해갔고 매일 그 그림을 보며 상상 속에서 그곳으로 소풍 가는 것을 즐겼다는 것이다.

그 뒤로 봉사자는 다른 사람들에게도 그 방법을 제안했고 많은 사람들이 몇 달째 상상 속에서 그림 속의 장소에 가는 일을 반복하고 있다고 했다. 그 봉사자 한 사람으로 인해 레이첼 레멘은 자신의 강의 주제에 자신감을 가졌을 것이다.

그렇다. 다른 사람이 그린 그림 한 장을 보고도 기쁨을 회복하고 평안을 얻는데 내가 직접 경험한 사진을 보면 얼마나 큰 기쁨을 얻고 행복할까. 사진은 개인의 역사이기도 하다. 사진 한 장으로 많을 것을 상상할 수 있다. 장소, 경치, 그곳에 가면서 이용한 교통수단, 먹은 음식, 특별히 재미나거나 고생한 일들, 함께 찍은 사람과 그 사람의 인생 이야기까지 무궁무진하다. 요즘 나는 여행을 다니거나 가까운 데 놀러가도 사진을 의도적으로 찍는다. 나를 위함이기도 하지만 그보다 부모님을 위함이다. 친정 부모님은 지금 연세가 86세라 언제 거동을 못하실지 모른다. 그때를 대비해서 함께 사진을 찍자고 하는데 늙어서 사진 찍기가 싫다고 한다. 하긴 내 또래들도 주름 때문에 사진 찍는 걸 싫어하는 사람이 많다. 어머니는 싫다고 하면서도 카메라 앞에 서면 자연스럽게 환히 웃으신다. 그런데 신기하게도 아버지는 웃는 게 특기인데 카메라 앞에만 서면 표정이 심각해져 순간 포착을 아주 잘 해야 한다.

  사진 한 장, 별것 아닌 것 같지만 노년에 큰 행복을 줄 수 있다. 누구나 가지고 있는 상상의 힘으로! 「그랑드 자트 섬의 일요일 오후」라는 그림을 보고 상상 속에서 매일 소풍 가는 즐거움을 누린 그 할머니에게 그 그림 한 장은 감히 값을 매길 수 없을 만큼 큰 가치가 있다. 이 세상의 어느 효자 효녀가 그렇게 누워 있는 노년의 부모님께 매일 즐거움을 줄 수 있을까. 지나온 내 삶을 이야기할 수 있는 사진을 차곡차곡 정리해 두는 것도 행복한 노후를 위한 하나의 대책일 것이다.

수박과 까막눈 청년

내가 뜻밖의 사고로 발을 다쳐 집 안에만 갇혀 살 때 지인이 수박을 사들고 방문을 했다. 우리 식구들은 여태 살면서 그렇게 큰 수박을 본 적이 없었기에 모두가 입을 다물지 못했다.

'냉장고에도 들어가지 않은 이렇게 큰 수박을 어떻게 보관하지?'

나는 잠시 이런 행복한 고민을 했다. 우리 집 냉장고는 크지 않아 이 정도 슈퍼사이즈의 수박을 넣으려면 고민을 할 수밖에 없다. 아무튼 싱싱할 때 다 먹어치우려면 시도 때도 없이 먹어야 한다. 그런데 부피와 무게에 압도당한 우리는 당도에 또 한 번 놀랐다. 이번 여름에 먹은 수박 중에 당도도 최고였다. 이런 수박을 두고 수박 장수들은 손님들에게 '설탕수박'이라 한다. 아무리 맛있어도 먹는 데는 한계가 있다. 신선도가 떨어져 버릴까 봐 잘라 포장을 잘해서 냉장고에 보관했다. 그런데 신기하게도 며칠을 두어도 신선도가 그대로 유지되었다. 오히려 적당히 발효된 탓인지 맛의 농도가 더해짐에 우리들은 감탄사를 연발했다. 크고 오래도록 싱싱하고 달고도 수분 많은 수박, 상품 중의 최상품이었다. 먹고 또 먹어도 바닥이 드러나지 않은 슈퍼수박 위로 한 청년이 오버랩 되었다.

그 청년은 수박을 진짜 좋아했다. 교도소 선교를 가서 만난 서른다섯 살의 청년 재소자이다. 열서너 분의 재소자들과 우리들은 예배를 드린 후 다과회 시간을 가지며 이런저런 이야기를 나눈다. 두 달 전 여름이 시작될 무렵 우리들은 수박과 감자떡, 과자를 간식으로 준비해 갔다. 수박이 아직 비싸서 나는 과일가게 앞을 지날 때 그림의 떡인 양 구경만 했는데 그날 교도소에서 처음으로 맛을 보았다.

재소자들도 올해 처음으로 수박을 먹어본다며 아주 반가워했다. 간식 시간 때 이야기도 하지 않고 남의 말에 관심도 없으며 오직 수박만 먹는 사람이 있었는데 앞서 말한 서른다섯 살의 청년이었다. 그 청년은 수박 먹기 대회에 출전한 듯 몰입하고 있었다. 맛있는 감자떡이나 전병 같은 과자류는 손도 대지 않고 오직 수박만 먹어댔다. 네 사람 당 한 접시의 수박을 놓았는데 그 청년이 빠른 속도로 수박만 먹으니 다른 사람들은 한두 조각을 맛본 뒤 다른 간식을 먹으며 그 청년에게 은근히 양보하는 눈치였다. 순식간에 수박 접시는 비워졌고 그 청년 앞엔 수박 껍질만 수북했다. 나는 인사치레로 '더 드릴까요?'라고 했더니 씨익 웃으며 고개를 끄덕였다. 남은 수박을 한 접시 먹고도 또 눈치를 보니 양에 안 차는 것 같아 나는 옆 테이블의 수박 접시를 힐끗 쳐다보았다. 아직 몇 조각이나 남아 있어서 양해를 구하고 또 가져왔다. 아, 그 청년은 감사하다는 말 한마디 없이 정말 염치 불구하고 마파람에 게 눈 감추듯 혼자서 후딱 먹어치웠다. 시쳇말로 '폭풍흡입' 수준이었다. 큰 수박 한 덩이를 혼자 먹어도 5분 안에 다 먹어치울 것 같았다. 상황이 허락된다면 수박 한 덩이를 당장 가슴에 안겨주고 싶었다.

먹어도, 먹어도 나는 갈증. 우물가에 물 길으러 온 여인이 영원한 생수이신 예수님을 만나 목마름을 해결한 성경 이야기가 불현듯 떠올랐다. 10년 전에 교도소에 들어왔으니 들어올 당시 나이가 25세, 정말 아깝다. 한창 꿈을 펼칠 꽃다운 나이에 죄수의 멍에를 쓰고 갇혀 사는 그 영혼의 목마름을 누가 헤아릴 수 있을까. 영혼의 목마름을 해소하기 위해 그토록 미친 듯이 수박을 먹어대는 것인지 알 수 없다.

죄목이야 당연히 물을 수 없지만 그들의 말에 의하면 대부분 10년 이상의 장기수들이라고 한다. 우리들은 '장기수니까 대부분 흉악범이겠지.' 라고 생각하며 온갖 무서운 장면을 상상한다. 그러다가도 큰 죄를 짓는 것도 아주 순간적인 실수임을 알고 그들을 통해 인간의 나약함을 또 한 번 깨닫는다.

노년층에도 문맹이 거의 없는 요즘 세상이지만 안타깝게도 그 청년은 글자를 못 읽는다. 흔히 말하는 까막눈이다. 글자를 모르니 책과 거리가 멀다. 글자만 알았어도 그 기나긴 세월을 독서로 세상과 소통하고, 사고의 폭도 넓혀서 출소 후 제2의 삶을 위한 자격증 하나 정도는 취득했을 텐데 아쉬웠다. 초등 의무교육이 언제부터인데 그의 까막눈의 사회적 책임을 누구에게 돌릴 것인가? 그 청년에게만 책임을 돌리기에는 너무 가혹한 것이 아닐까? 10년의 복역을 마치고 두 달 후면 출소한다고 했다. 취업난이 극도로 어려운 현실 속에서 한글조차 읽지 못하는 그 청년이 무슨 일을 하며 어떻게 생계를 꾸려갈지 아득하기만 하다. 수박을 유난히 좋아하던 청년, 수박만 보면 그 청년이 생각나 맘이 짠하다. 출소 후 그 청년의 제 2의 인생이 내가 선물 받은 수박처럼 최상품이 되길 기도할 뿐이다.

천 원의 행복

시아버지는 막걸리를 좋아하신다. 특히 초록색 플라스틱병의 P막걸리를 좋아하신다. 일주일에 한두 번 정도 나물전을 부치거나 고기를 볶아 안주를 만들어 막걸리 한 병을 올리면 하회탈처럼 활짝 웃으신다. 며칠 굶은 사람에게 먹을 걸 줄 때처럼 그렇게 좋아하실 수가 없다.

"아버님, 막걸리 한잔 하시이소."

내가 쌀뜨물 같은 뿌연 막걸리병을 저녁상에 올리며 이렇게 말한다. 그러면 아버님은 살짝 미소를 곁들이며 행복에 겨운 목소리로 말씀하신다.

"아이구, 막걸리가? 그래, 자알 마실게."

아버님은 마시기도 전에 눈빛과 목소리에선 벌써 막걸리 두어 잔의 취기가 돈다. 막걸리병을 바라보며 미처 마시기도 전에 느끼는 충만한 행복감, 나는 아버님의 이런 모습을 종종 보기에 대체 '행복' 이란 게 뭔가 하고 깊은 상념에 젖을 때가 있다.

막걸리 한 병이 천 원이니 '천 원의 행복' 이라고 부르면 될까. 요즘 방송에 나오는 '만 원의 행복' 이라는 프로그램을 보며 '그깟 만 원으로 무슨 행복' 이라 생각하며 속으로 비웃었다. 그런데 만 원의 십 분의 일인 천 원으로도 저토록 행복해질 수 있다 생각하니 행복은 멀리 있지 않고 가까운 데서 찾으면 된다는 평범한 진리가 새삼 가슴에 와 닿는다.

최근에 행복의 의미를 새삼 되새기며 읽은 책이 많다. 내 나름대로 터득한 행복의 개념은 하나같이 작은 데서 얻은 깨달음이란 공통점이 있다. 한마디로 행복은 작은 데 있고 가까이 있다. 또 무엇보다 스스로 찾아 느껴야 한다, 부와 명예, 재능과는 무관하다 등이다.

헨리 데이빗 소로우의 『월든』, 야마오 산세이의 『여기에 사는 즐거움』, 윤구병의 『가난하지만 행복하게』, 달라이라마의 『행복』…. 다 기억할 수 없는데 이 책들을 읽고 있노라면 일상의 소소한 것들에 정말 큰 행복을 발견하게 된다. 책 속에 빠져 있는 순간만은 내가 감히 소로우가 되고 산세이가 되어 무한하고도 충만한 행복을 느낀다.

　책을 읽으며 작가에게서 내게 옮겨진 행복바이러스는 잠복 기간이 얼마나 긴지 오래도록 일상의 작고 시시한 일로도 나를 많이 행복하게 해주었다. 또 내게 옮겨진 행복바이러스가 주위 사람들에게도 감염되어 그들도 행복했을 수도 있을 것이다. 연구에 의하면 내 행복이 '내 친구의 친구의 친구'의 행복에도 영향을 줄 수 있다고 한다. 내가 행복할 때 한 번도 만난 적도 없는 '내 친구의 친구의 친구'가 조금이라도 행복하다면 이 또한 행복한 일이 아닐까? '천 원의 행복'도 있지만 돈 한 푼도 안 드는 행복도 있다.

　어떤 사람이 디오게네스한테 물었다.

　"당신도 운동 경기를 구경하러 가는 길입니까?"

　"아니오. 나는 지금 경기를 하러 가는 중입니다."

　"도대체 누구랑 경기를 합니까?"

　"바로 나의 기쁨과 고통과의 경기죠."

　이런 디오게네스처럼 돈 한 푼 안 들고도 마음 바탕에 행복을 가꾸는 사람도 있다. 선각자가 아니라도 독서와 보고 들은 체험으로 누구나 알고 있다. 행복은 높거나 아득히 먼 곳에 있는 게 아니라 아주 가까운 우리 곁에 있다고. 그걸 찾아 누리는 것은 오로지 각자의 몫일 뿐이다.

뒷담화

산책길에서 할머니 한 분을 만났다. 할머니는 나무벤치에서 쉬고 계셨다. 산책을 하거나 운동하기에 어울리는 옷차림은 아니었다. 외출복같이 보였다. 옆에 제법 큰 손가방도 놓여있는 것으로 보아 무슨 사연이 있을 것만 같았다. 나도 모르게 슬그머니 관심이 갔다. 심심하던 차에 내가 물었다.

"할머니, 운동 나왔어요?"

웃으며 고개를 끄덕였다. 외출복 차림에 무겁게 가방까지 왜 들고 나왔냐고 물었더니 운동 후 바로 경로당으로 가기 위해서라고 했다. 동네 경로당에 가는데 할머니는 곱게 화장도 하고 손가방까지 들었다.

경로당 할머니들은 무슨 놀이를 하며 어떤 대화로 소일하는지 알고 싶었다. 각자 살아온 드라마틱한 인생 이야기, 며느리나 남편 험담, 뒷담화 등이 이야기의 주류를 이루지 않을까 생각했다. 좀 더 자세히 알고 싶어서 또 물었다.

"할머니, 경로당에서는 뭘 하고 노세요?"

예상과는 달리 뜻밖의 대답이 돌아왔다.

"고스톱을 치며 놀지. 10원짜리 동전 따먹기를 하는데 모두 돈 따는 데 정신이 팔려 남 흉은 안 봐. 얼마나 좋아? 큰돈을 잃는 것도 아니고 남 흉을 안 보니 참 좋지. 이래서 화투가 좋은 거야."

가만히 들어보니 옳은 말씀이었다. 경로당에 모인 할머니들의 화투판이 내 머릿속에 그려졌다. 칠팔십 대의 등이 구부정한 할머니들이 쭉 둘러앉아 손에 쥔 화투를 열심히 들여다보고 있고 각자 앞에는 구릿빛 10원짜리 동전들이 쌓여있다. 또 할머니들은 한 푼이라도 남의 돈을 따기 위해 작전을 세워야 하며 언제 '고'를 외치며 또 언제 '스톱'을 해야 할지 머리를 굴려야 한다. 남을 흉볼 새가 없다. 방심하면 돈을 잃는다. 화투는 치매 예방에도 도움이 된다고 한다. 시간도 보내고 뒷담화도 안 하며 치매 예방까지 되니 일석삼조인 셈이다. 지금까지 화투를 늘 부정적인 시각으로 보았는데 긍정적인 부분도 있다는 걸 처음으로 깨달았다.

화투를 안 치면 매일 모여서 할 일이 없으니 자연적 남 이야기를 하게 된다. 카더라 방송도 있지만 낯선 사람들의 이야기보다 지인들의 이야기에 귀가 솔깃하다. 이야기를 하다보면 장점도 말하지만 대부분이 단점을 들추는 험담으로 이어지기 마련이다. 사람들은 남의 장점을 칭찬하는 것보다 결점을 포장해 상대적 성취감에 도취되는 걸 즐기기 때문이다. 뒷담화가 이어지면서 작은 결점도 치명적인 잘못으로 둔갑할 수 있다. 세 사람이 모이면 없던 호랑이도 만든다는 삼인성호三人成虎는 대중의 심리를 대변해준다.

뒷담화를 하는 중에 그 사람의 평판이 왜곡되는 수가 많기 때문에 조심해야 하는 걸 모르는 사람은 없다. 그런데도 인간은 누구나 자기의 결점은 못 보면서 남의 결점을 잘 찾아내는 데는 일가견이 있다. 그리스신화에 이런 이야기가 있다. 대장장이 프로미시우스가 사람을 빚으면서 두 개의 보따리를 목에 매달았다. 앞의 보따리에는 다른 사람의 결점으로, 뒤의 보따리에는 자기의 결점으로 가득 채웠다. 그래서 사람들은 다른 사람의 결점을 잘 볼 수 있지만 자기의 결점은 잘 볼 수가 없다는 것이다.

정말 고개가 끄덕여진다. 뒤에 매달린 내 보따리의 결점을 늘 기억하며 또한 남의 결점을 반면교사로 삼는 지혜가 필요하다.

어느 일요일, 목사님이 설교를 시작하며 이렇게 말씀하셨다.

"여러분은 모두 뒷담화를 잘합니다. 아마 이거는 굳이 연습을 하지 않아도 모두가 금메달감입니다."

인정하고 싶지 않지만 인정할 수밖에 없는 사실이다. 그 사람이 없는 자리에서 그 사람을 험담하기를 즐긴다. 심지어 여럿이 모인 자리에서 자기 험담을 할까봐 화장실도 못 간다는 우스갯소리를 종종 듣는다. 얼마 전 자매들끼리 카페에서 커피를 마시며 놀고 있을 때 막내 여동생이 벌떡 일어나 이렇게 말하며 화장실로 갔다.

"내가 없을 동안에 내 이야기하지 마라."

나도 웃으며 한마디했다.

"나는 내 흉을 볼까 봐 화장실도 못 가고 참고 있는 중이다."

모두들 깔깔거렸다. 뒷담화는 주로 '누가 ~라고 하더라.' 식의 말이 많다. 누군가 나에게 전한 말을 다른 누군가에게 옮긴다. 옮기는 과정에서 부풀려지며 진실이 점점 왜곡된다. 왜곡된 이야기를 사실인 양 믿으며 뒷담화를 즐긴다. 험담, 뒷담화가 아무런 유익이 없다는 것을 알기에 경로당 할머니들은 지혜롭게 화투를 선택했을 것이다. 뒷담화를 자신도 모르게 즐기는 사람에게 경종을 울리는 책 한 권이 생각난다. 교황 프란치스코의 책으로 『뒷담화만 하지 않아도 성인이 됩니다』이다. 생각보다 성인되기가 어렵지 않다.

해피엔딩

어릴 적에 내가 할머니로부터 제일 많이 듣던 전래동화는 '팥죽할머니와 호랑이'였다. 그 이야기는 굳이 소개하지 않아도 누구나 아는 이야기다. 나는 그 이야기를 자라면서 할머니한테 백 번은 들었을 것이다. 줄거리를 훤히 알고 있어서 또 들으면 재미없을 것 같지만 언제 들어도 재미가 있었다. 친정할머니는 동화 구연 작가처럼 이야기를 아주 실감나게 했다. 동화 속의 팥죽할머니는 호랑이한테 잡아먹힐 위기를 모면한다. 즉 팥죽할머니 집에 있던 지게, 멍석, 송곳, 개똥, 달걀의 도움을 받아 호랑이를 물리치고 행복하게 살아간다. 할머니의 이야기가 다 끝나면 가슴을 쓸어내린다. 팥죽할머니가 호랑이의 밥이 되지 않고 살았기 때문이다. 이미 알고 있는 내용인데도 들을 때마다 긴장과 스릴은 더 새롭게 나를 긴장시켰다.

　신기한 것은 같은 이야기를 여러 번 듣는 나는 늘 새 이야기인 듯 호기심을 가지고 들었다. 할머니 역시 처음으로 손녀에게 하는 양 지루한 줄 모르고 이야기를 흥미진진하게 하시는 거였다. 내가 그토록 같은 이야기를 여러 번 듣고도 재미있어한 것은 끝끝내 할머니가 호랑이한테 잡아먹히지 않고 살아남는 인간 승리의 삶을 살았기 때문이 아닐까 싶다. 한마디로 이 이야기는 해피엔딩으로 끝난다. 해피엔딩으로 끝나기에 기쁘고 통쾌하고 위로가 된다. 할머니가 호랑이한테 잡아먹히는 걸로 이야기가 끝난다면 상처를 받은 어린 마음이 두 번다시 그 이야기를 들으려 하지 않았을 것 같다.

　해피엔딩은 때론 힐링이 되기도 한다. 텔레비전 드라마는 반전을 거듭하다 대부분 해피엔딩으로 끝나는데 어쩌다 마지막 회에서 주인공이 비극의 최후를 맞으면 드라마임을 뻔히 알면서도 슬프고 아프고 가슴이 먹먹하다. 단골 드라마에 몰입하여 볼 때는 누구나 드라마의 주인공이 되기 때문이다. 한번은 드라마 주인공이 죽을병에 걸렸는데 드라마니까 끝까지 살 줄 알았다. 그런데 마지막 회에서 주인공은 죽었다. 참 허망했다. 나는 그때 같이 보던 남편에게 이런 말을 했었다.

"웬만하면 살려서 시청자들에게 안도감을 주지 왜 주인공을 죽이냐고. 드라마 작가가 너무했다."

"늘 해피엔딩으로만 끝나면 재미없다."

남편이 웃으며 말했다. 그 미소 속에는 '동화 작가라며 빤한 결과는 재미를 반감하는 것도 모르냐.' 는 뜻이 숨은 것 같았다. 그래도 나는 재미없어도 해피엔딩으로 끝나 웃고 싶고 위로를 받고 싶다.

한 개인의 삶을 들여다보면 연속극보다 더 드라마틱한 사람들도 많다. 겉으로 보기엔 평범한 삶을 사는 듯 보이지만 속을 들여다보면 누구하나 만만하지가 않다. 해서 노년에 자신의 삶을 돌아다보며 모두 소설책 몇 권은 쓸 수 있다고 장담한다. 특히 남성우월주의 사상이 팽배해 여성들이 많이 참고 참은 만큼 한도 많은 것 같다. 그래서인지 필력이 문제지만 자신 있게 소설을 쓸 수 있다는 사람이 여자 쪽이다. 비록 질곡의 세월 속에서 한이 깊었더라도 그들의 삶이 모두 해피엔딩으로 마무리되면 좋겠다. 내 삶 역시 희비가 교차되며 반전에 반전을 거듭하다 끝내는 해피엔딩으로 끝났으면 하는 소망을 가진다. 그래서 주위 사람들에게 한 편의 드라마처럼 위로를 주고 싶다.

주위에서 역경을 딛고 해피엔딩으로 끝나는 삶을 보면 큰 위로가 된다. 나는 정치에 큰 관심이 없다. 그렇지만 대통령이 탄핵 지경까지 갔는데 국민의 한 사람으로서 화가 나지 않을 수 없다. 어쩌다 수면 밑에 가라앉은 비밀들이 속속 드러나는 뉴스를 접하면 억장이 무너지기도 하고 현명하게 처신 못한 대통령한테 분노가 치밀기도 한다. 그렇지만 재임 시절 그 분이 잘한 부분은 인정해야지 나하고 이념이 안 맞는다고 싸잡아 모두를 비난하는 것은 성숙한 국민의 태도가 아닐 것이다. 매스컴에서 패널들이 공과를 접어둔 채 잘못만 파고드는 경향이 있는 것 같다는 말들이 많다. 어쩌면 매스컴에 약한 국민들의 약점을 교묘히 이용하는 패널들의 잘못도 분명히 있다는 뜻이다.

대통령 직에서는 물러났지만 아직 그 분의 삶은 끝나지 않았다. 비극적인 탄핵에 이르기까지 너무 절망적일 수 있지만 그래도 남은 삶이 길다. 내일 모레 백 세를 바라보는 노 교수는 인생의 황금기를 60세에서 75세라 했다. 그렇다면 그분에게도 아직 황금기가 많이 남았다. 잘못된 부분은 국민들 앞에 진정으로 사과하고 남은 삶 동안 세상에 선한 영향력을 끼치며 당당하게 살 수 있다. 그의 정치가 해피엔딩으로 끝나지 못했지만 그의 삶은 얼마든지 해피엔딩으로 아름다운 마무리를 할 수 있다. 어쩌면 남은 삶을 어떻게 사느냐에 따라 존경 받는 인물로 역사에 남을 수도 있다. 누구에게나 과거는 이미 돌이킬 수 없고 앞으로 어떻게 사느냐가 중요한 것이기 때문이다.

쑥 한 줌의 시간

봄비 내린 후의 4월은 더없이 화사하고 맑다. 4월의 햇살에 투영된 연초록 잎들이 잔바람에도 파르르 떠는 모습을 바라보는 것이 하루 중의 제일 큰 기쁨이다. 눈만 뜨면 창밖의 연초록빛 물결에 눈이 간다. 어제는 길을 걷다 어린 이파리들의 살랑거림에 빠져들어 길가는 행인과 부딪칠 뻔하는 실수를 범했다. 누군가 신록이 꽃보다 아름답다고 하더니 사월의 연초록 무리들은 아름다움을 넘어 신의 심오한 숨결이 느껴지는 신비감이 감돈다. 연한 초록 숨결이 느껴지는 사월의 나무를 한동안 바라보고 있으면 내 영혼의 깊은 곳에서 자정작용이 일어난다. 사람과 자연이 한 몸임을 터득하는 시간이기도 하다.

나는 종종 집 근처 저수지와 맞닿은 둑길을 걷는다. 둑길은 내 사색의 공간이다. 이 공간에만 들어서면 마음의 평화를 누릴 수 있어 고향처럼 아늑해진다. 저수지에 담긴 푸른 산자락 물그림자 사이로 몇 마리의 청둥오리가 유유히 떠다닌다. 수면에는 사철을 두고 가파르지 않은 산자락이 대칭을 이루며 언제나 한 모습으로 제자리를 지킨다. 다만 계절에 따라 빛깔만 조금씩 달라질 뿐이다. 둑길을 걸을 때면 눈길을 끄는 풍경에서 헨리 데이비드 소로우를 떠올리고, 저수지를 월든 호수로 그려보기도 한다. 현대문명과 맞닿은 도심 속의 저수지를 바라보며 소로우의 심경이 되어보는 것도 나에겐 아주 값진 소득이다.

둑길은 도시에서 보기 힘든 흙길이라 푸근하고 정겹다. 종종 저수지 둑에서 쑥을 뜯는 아줌마들이 있다. 아줌마들은 햇빛을 가리기 위해 챙 모자를 쓰고 마스크에 심지어 선글라스까지 착용하기도 한다. 둑에는 쑥이 지천으로 깔려 있다. 그야말로 쑥밭이다. 나는 둑길을 걸을 때마다 생각했다. '나도 언젠가는 옛날처럼 쑥 뜯는 재미에 한번 빠져봐야지.' 라고.

어릴 때 시골에서 참 많이도 쑥을 뜯었다. 학교 수업이 끝나면 자주 하는 일이 쑥 뜯기였다. 나물을 뜯으러 들로 나가는 것은 어린 우리들에게 일이 아니라 그냥 놀이였다. 들판마다 쑥이 지천으로 깔린 이맘쯤이면 친구들이 입버릇처럼 했던 말이 "운동장에서 놀래? 아니면 쑥 뜯으러 갈래?"였다. 하교 후 나물을 뜯는 일은 요즘 아이들로 치면 '방과후 수업'이었다. 들로 가끔은 야산으로 나가 나물을 뜯으며 우리는 소통하고 놀았다. 거기서 쑥, 냉이, 달래, 씀바귀 등 갖가지 나물과 제비꽃, 민들레 등의 야생화 이름을 알았고, 또 냄새 맡고 식용은 그 자리서 맛보기도 했다. 그야말로 요즘 학교에서 의도적으로 시행하는 현장체험학습이었다. 시골 아이들은 닫힌 공간을 좋아하지 않는다. 넓은 대지의 품에서 호흡하며 놀며 자란 덕분에 도시 아이들보다 너그럽고 영혼도 자유롭다. 나는 어린 시절 농촌에서 자란 걸 아주 자랑거리로 여긴다. 내가 만약 어린 시절을 농촌에서 보내지 않았다면 저수지 둑에 붙박이로 쑥 뜯는 아줌마들의 재미를 절대 모를 것이다. 아무 목적 없이 집중하는 놀이의 쏠쏠한 재미. 나는 오늘 그 재미에 빠져보기로 했다.

그렇다. 내가 쑥을 뜯는 데는 특별한 목적이 없다. 그저 놀이다. 시장에 가서 내다 팔 것도 아니고 저녁 반찬거리도 아니다. 그러니 욕심 낼 것도 없고 재미삼아 뜯으며 노는 것이다. 뜯은 쑥은 친정어머니께 갖다 드릴 생각이다. 어머니는 쑥국을 맛있게 잘 끓이시고 좋아하신다. 아버지도 쑥국을 좋아하신다. 가끔 하늘을 쳐다보며 사심 없이 뜯었는데 어느새 작은 냄비에 한 번 끓일 양이 족히 되었다. 이 정도면 어머니께서 '많이도 뜯었네.' 라고 칭찬하실 것 같다. 꼭 어린 시절에 할머니한테 자주 들었을 때처럼 기분이 우쭐할 것 같다. 그렇다고 칭찬 받으려고 욕심내어 뜯을 필요는 없다. 어릴 때처럼 그저 놀이로 뜯는다. 놀이는 경쟁이 뒤따르기도 하지만 주목적은 재미다. 아무 욕심 없이 한 포기 한 포기 쑥에만 몰입하며 평화를 누리는 이 시간은 재미를 넘어 내 영혼이 진정한 자유를 누린다. 가끔은 몇 마리 비둘기들이 내 주위에 날아와 부리를 처박고 뭔가를 열심히 쪼아 먹는다. 그들도 나처럼 경쟁하지 않고 놀이처럼 그저 즐겁게 쪼아 먹다 날아간다. 나는 이렇게 놀이를 하듯 삶을 살고 싶다. 더 이상 경쟁하고 싶지 않다.

쑥 한 줌을 뜯고 향기를 맡는데 쑥 한 줌의 시간이 걸린다. 4월의 연초록 물결을 온몸으로 느끼며 이따금 비 온 후의 하늘을 바라본다. 점점 내 몸에 쑥 향이 배어온다. 내 안에 향기를 담을 공간이 필요했다.

봄소식

　　　　　　　　햇살이 온기를 더하면 굳었던 마음마저 풀리는 계절이 왔다. 잊지 않고 어김없이 찾아오는 새봄이 참 반갑다. 보름 전에 사놓았던 가랑코에가 빨강, 분홍, 노랑, 주황으로 꽃망울을 내밀며 앞뜰이 봄 축제를 준비하느라 분주하다. '천사의 나팔'이 얼른 노란 꽃망울을 열어 팡파르를 울려준다면 우리 집의 봄 축제는 드디어 대단원의 막을 올릴 것 같다. 기대된다. 설렌다.

　새봄과 더불어 새손님이 찾아왔다. '사위'라는 이름이다. 내 삶에서 또 하나의 만남 그것도 아주 특별하고도 소중한 만남이다. 첫사랑의 기억처럼 생각만 해도 가슴이 떨리는 한편 좋은 만남이 되기 위해 어떻게 해야 할지 몰라 두렵기도 하다.

사위! 아무리 생각해도 분에 넘치는 너무 크고 귀한 선물이다. 살면서 이런 선물을 받을 줄은 감히 상상도 못 했었는데 딸아이가 고맙기도 하다. 남편의 얼굴도 연일 봄 햇살로 환하다.

어쩌다 요즘 세태가 딸 가진 부모가 아들 가진 부모보다 기가 살아 난리다. 내가 결혼했을 당시는 딸을 임신하면 아주 실망하는 사람이 많았는데 요즘은 정반대로 태아가 아들로 판명되면 아주 실망하는 새댁을 많이 보았다. 그것도 첫째가 아들인데 산부인과에서 둘째가 또 아들로 판명되면 아주 낭패한 표정을 짓는 경우를 주위에서 몇 번이나 보았다. 나는 그들에게 엄마가 서운해 하는 걸 뱃속 아기도 다 듣고 있으니 조심하라고 충고까지 해주어야 했다. 세상이 많이 변했고 또 앞으로 지금의 우리가 상상하지도 못하는 방향으로 변해갈 것이다.

작년 가을 여동생이 하나뿐인 딸을 결혼시켰고 한 달 후 언니가 둘째 아들을 결혼시켰다. 며느리를 본 언니보다 사위를 본 동생이 만날 때마다 할 말이 많은 걸 봐도 아들보다 딸에 관심이 많음을 알 수 있었다. 아들은 장가를 보내고 사위는 장가를 온다고 한다. 그래서 그런지 아들 가진 부모는 결혼시키면 '내 아들로 생각하지 마' 라고 한다. 며느리의 남편쯤으로 생각해야지 내 아들로 생각했다가는 섭섭한 꼴만 당한다는 것이다.

아들과 딸의 문제가 아닌 것 같다. 자녀가 성장하면 심리적으로 분리시켜야 한다. 물리적으로 분리되면 더욱 좋다. 어린 아이들이 걸리는 부모와 떨어지지 못하는 '분리불안증' 같은 병을 우리 부모들도 앓고 있는 것 같다. 출가시킨 후에도 늘 걱정하고 보호막이 되려 하고 또 자식으로부터 관심 받으려 한다. 물리적으로 독립했건만 정신적인 독립을 못한 것이다. 어쩜 사랑을 빙자한 집착일 수도 있다. 부모와 자녀가 완전 분리되어야 피차 자유롭다. 부모라는 이름에 힘입어 좀 많이 살았다고 아는 체를 하고, 자기가 살아온 방식이 최선인 양 자녀에게 권유할 필요가 없다고 생각한다. 요즘 아이들이 구세대의 우리들보다 말랑말랑한 사고력을 가졌으며 지혜롭고 또한 현명한 구석도 많이 있다고 나는 믿는 편이다. 부모의 눈으로 바라보면 자식은 늘 물가에 내놓은 아이처럼 불안하고 이 험한 세상을 어찌 살아갈까 싶지만 우리를 한번 돌아보라. 우리들 역시 좌충우돌하며 쓴맛도 보고 단맛도 보면서 각자 자기 몫의 삶을 살아왔다. 그냥 믿고 던져놓는 것이다.

딸의 결혼 후 주위 사람들로부터 제일 많이 듣는 말이 딸이 시집가서 서운하겠다는 것이다. 난 솔직히 서운하지 않다. 집을 떠나 공부하고 직장 다닌 지가 벌써 8년째라 그럴 수 있다.

서울에서 혼자 사는 게 외로워 보였는데 사귀는 사람이 있다고 하자 너무 반가웠다. 한참 후 프로포즈를 받았다고 하자 신이 나서 잠이 안 왔다. 좀 웃기는 것은 단 한 번도 만나지도 않고 딸이 전해주는 말만 듣고 남편과 나는 참 좋아했던 것이다. 평소 딸에 대한 믿음이 그만큼 확실했기 때문이다. 굳이 제일 마음에 드는 걸 말하라면 잘 웃는 것이다. 딸은 나를 닮아 시도 때도 없이 잘 웃는다. 밝고 잘 웃는 것이 특기다. 그런데 꼭 자기처럼 잘 웃는 사람을 찾은 것이다! 잘 웃어서 그런지 사위는 참 귀염상이다. 나는 웃는 사람을 제일 좋아한다. 보기만 해도 기분이 좋아진다. 내 주위에는 나처럼 별것 아닌 일에도 잘 웃는 사람이 많다.

행복해서 웃는 게 아니라 웃다보면 행복이 온다는 말이 있다. 딸과 사위가 지금처럼 잘 웃어 주위 사람의 기분도 봄 햇살처럼 밝고 환하게 만들면 좋겠다. 그 웃음이 이웃을 향한 진실한 사랑이기를 바란다. 오늘은 단골 꽃집에 가서 커피나무 묘목을 사왔다. 한 달 전에 주문해 놓았는데 주인아주머니가 계속 깜빡깜빡하더니 드디어 갖다 놓았다. 남편과 나의 소박한 의식 즉 딸 결혼 기념식수인 셈이다. 잘 자라 하얀 꽃도 피우고 빨간 열매도 열릴 것이다. 소담스럽게 열릴 빨간 커피 열매를 그려본다. 사위와 딸이 많은 사람들에게 온기와 향기를 지난 한 잔의 커피 같은 삶을 살면 좋겠다. 때론 향긋한 아메리카노가 되고 때론 달달한 카페 모카가 되고.

민들레

어깨 재활 운동을 위해 잘 가는 공원이 있다. 거기에는 어린이 놀이기구 이외 운동기구가 여덟 개 정도로 주택가에 있는 아담한 공원이다. 요즘처럼 공원에 봄이 오면 운동을 하는 사람들의 눈은 꽃나무와 풀꽃에 가있다. 그중에서도 노랗게 웃고 있는 민들레꽃은 멀리서도 눈에 잘 띈다. 가까이 가보니 누군가 씨를 뿌려놓은 듯 여기저기 소담스럽게 피어있다. 민들레 고유의 노란 빛깔이 봄 햇살을 받을 때는 보는 이의 눈을 시리게 한다. 눈부시나 언제 봐도 화려함보다는 소박함이라는 말과 잘 어울린다.

시골에서 어린 시절을 보낸 나는 민들레를 고향 친구처럼 그냥 편하게 좋아한다. 민들레는 성정이 까다롭지 않고 어떤 환경에서도 잘 자란다. 여느 야생화처럼 각별한 보살핌이 없이도 홀로서기를 잘 하는 기특한 꽃이다. 그래서 옛 선비들은 서당 근처에 민들레를 심어 아홉 가지 덕을 닦게 한다고 하여 구덕초九德草라 일컫는 것 같다. 아홉 가지 덕이 다 중요하겠지만 특히 두 덕목 즉 인(忍-박토에도 잘 자람)과 강(剛-뿌리를 난도질해 심어도 잘 삶)을 나는 좋아한다.

오늘은 흐드러지게 핀 구덕초를 한 송이 꺾어 누군가에게 꼭 선물을 하고 싶은 마음이 울컥 솟았다. '누구에게 주면 좋을까?' 하고 생각하는데 내 마음 속에 자리한 J라는 청년이 떠올랐다. 어쩜 내 마음 속에 아까 민들레를 볼 때부터 그 청년을 떠올렸는지 모른다. 비슷비슷하지만 제일 탐스럽고 빛나는 자태를 가진 한 송이를 골라서 조심스럽게 꺾었다.

J는 열아홉 살에 교도소에 들어와 6년째 복역하고 있다. 올해 스물다섯 살이다. 아직 몇 년 더 남았으니 그의 이십 대는 담장 안에서 다 보내는 셈이다. 죄명이야 물을 수도 없고 스스로 말하지 않았다. 다만 이야기를 하다 보니 '하고 싶은 것이 많아 사고를 많이 쳤다.'고 털어놓았다. 철없는 십 대에 저지른 사고의 결과가 이십 대를 온통 희생시킬 줄을 꿈엔들 알았으랴! 죄의 대가는 마땅히 치러야 하지만 J의 이십 대가 너무 가혹하고 잔인하게만 느껴졌다.

지난번에 만났을 때 책을 좋아한다고 해서 책을 두 권 샀다. 『TV동화 행복한 세상』과 톨스토이의 명상집 『살아갈 날들을 위한 공부』였다. 아들과 여러 가지 책을 두고 고민한 끝에 선정한 책이었다. 책 속에 아까 꺾은 민들레를 끼웠다. J도 민들레처럼 어떤 환경에도 굴하지 않고 홀로서기를 잘 하기를 소망하는 마음을 담았다. 어쩜 그 청년은 민들레를 모를 수도 있다. 하긴 몇 년 전 도시에서 자란 남편도 민들레를 엉뚱한 꽃으로 불렀으니까. 한 방에 열 명 정도가 사니까 누군가는 민들레꽃에 담긴 내 뜻을 알 거라 여겼다. 또 청년은 생각할 것이다. '그 아주머니가 하필이면 민들레를 책 속에 끼웠을까?'

며칠 후 책 두 권을 가지고 교도소에 갔다. 영치품 접수증을 써서 책과 함께 직원에게 건넸다. 그 순간 책을 받은 직원이 물었다.

"책 속에 아무것도 없지요?"

"네, 아참 그런데 풀꽃 한 송이가 들었는데요."

"안 됩니다."

직원은 무표정으로 딱 잘라 말했다. 나는 아쉽고 미련이 남아 사정을 해보았다.

"민들레처럼 살라는 의미로 넣은 풀꽃인데 안 될까요?"

"어떤 것이든 안 됩니다."

민들레 한 송이를 들고 돌아서는 기분이 묘했다. 결국 전달된 것은 한 문장이었다. 책 속표지에 '민들레 삶처럼 당신도 그렇게 살아가길 응원합니다.' 라는 한 줄의 문장을 남겼다.

생각해보면 민들레보다 문장의 힘이 더 직접적이고 강할 텐데.

까까머리 공약

한 정치인이 자기가 대통령이 되면 이런 공약을 실천하겠노라고 자신감 넘치게 말한다. 세상 물정에 어두운 내가 들어도 피식 웃음이 나온다. 아무리 생각해도 뜬구름을 잡는 거 같고 비현실적인 거 같은데 본인은 너무 당당하다. 과연 실천할 수 있는 약속일까? 함께 출연한 패널들도 황당했던지 연거푸 폭소를 터뜨린다. 진행자가 정치인보다는 차라리 개그맨이 되는 게 낫겠다고 하니 본인은 대통령이 되고 싶다고 말한다. 지키지 못할 공약으로 국민들의 비난을 받고 욕을 얻어먹어도 일단 되고 보자는 식인지 선거철이 되면 푸짐한 공약들이 난무한다. 문득 고향 앞으로 흐르는 냇물이 떠오른다. 소나기가 내리면 산 밭이나 흙을 할퀸

냇물은 흙탕물로 용트림 치며 흐른다. 우거진 숲에서는 맑은 물이 흐르지만 흙탕물과 섞이며 모두가 흙탕물이 된다. 윗물이 흙탕물인데 아랫물이 맑기를 바라는 것은 어리석은 일이다.

어른들의 진실하지 못한 말과 행동을 보며 자란 아이들에게 어찌 맑게 밝게 자라나기를 바라겠는가? 그래서 '아이들은 어른의 거울'이란 어느 시인의 말은 진리가 될 수밖에 없다.

몇 년 전 전교 어린이회 회장단 선거 때 학교 텔레비전 방송으로 입후보자들의 공약 발표가 있었다. 그때 6학년 여자 아이가 회장 후보로 나와서 하던 공약을 나는 지금도 잊을 수가 없다. 평소 긴 생머리의 그 여자아이는 참 예뻤다. 그런데 회장 후보로 나온 여자아이는 까까머리였다. 그 모습은 내게 심히 충격적이었다. 반 아이들은 배꼽이 빠져라 웃어대며 까까머리에 시선을 집중했다. 가만히 살펴보니 스님처럼 진짜 머리카락을 다 밀어버린 것이 아니고 스타킹 같은 걸 뒤집어쓴 변장한 모습이었다.

"제가 전교 회장이 된다면 학교를 위해서 이처럼 머리카락이 다 빠지도록 열심히 일하겠습니다."

그 아이가 열거한 구체적인 공약은 기억나지 않지만 까까머리는 지금도 잊혀지지 않는다. 소견 발표를 하는 까까머리는 사뭇 진지했지만 아이들은 계속 킥킥 웃어댔다. 지금껏 저렇게 머리 스타일까지 변장한 모습으로 나와 후보 연설을 하는 것을 보기는 나도 처음이라 황당했다. 저 아이가 당선되면 정말 저렇게 머리카락이 다 빠질 정도로 열심히 일할 수 있을까? 다 빠지는 것은 당연한 거짓말이고 자신이 아닌 전교생을 위해서 학교를 위해서 과연 몇 개의 머리카락이 빠질 정도로 걱정하며 봉사할까? 책임질 수 없는 시쳇말로 뻥이 심한 공약임을 알기나 하는 걸까? 무조건 당선되어야 한다는 일념으로 너무 쉽게 내거는 약속 같아 평소 예쁘게만 보이는 그 아이가 무책임하게 느껴졌다.

개표 결과 그 아이는 낙선되었다. 그 아이의 소견 발표 내용과 변장한 머리는 자신의 아이디어가 아니라고 했다. 그 당시 학부형들 중에는 자기 아이를 전교 회장으로 만들기 위해 웅변 학원에 돈을 주고 원고를 받아오기도 했다. 어른들의 욕심으로 포장된 흙탕물은 아이들의 순수한 마음을 금방 오염시킨다. 코앞만 보며 살아가는 어른들이 개탄스럽다. 대부분의 아이들은 작아보여도 실천 가능한 진실 된 약속을 믿지, 화려하고 거창한 공약을 믿으려 하지 않는다. 적어도 지금까지의 내 경험이다. 차라리 내게 부탁했다면 대가 없이 당선 비결을 귀띔해주는 건데 하는 아쉬움이 들었다. 공약을 너무 거창하게 내걸면 당선 후에도 책임지지 못할 걸 아이들도 다 안다.

'책임' 하면 떠오르는 아이가 있다.

한번은 5학년 남자아이가 결석을 했다. 그 아이는 또래 아이들보다 좀 순진하고 겁이 많으며 어리숭했다. 무단결석을 해서 다음날 불러 결석한 이유를 물었다.

"왜 결석했니?"

"학교 오다가 다리 밑에서 놀았어요."

시골에서 가끔 들을 수 있는 말이긴 하지만 화가 나서 한 대 쥐어박고 싶었지만 꾹 참고 또 물었다.

"너 혼자 하루 종일 놀았어?"

"아뇨, 동생이 책임진다고 해서 같이 놀았어요."

나는 기가 막혀 한숨이 나왔지만 그 아이의 눈빛엔 두려움이 없었다. 아마 자신을 책임져줄 든든한 동생을 믿는 것 같았다.

2학년짜리 동생의 말을 믿고 그날 다리 밑에서 놀며 결석한 어리석은 아이를 나무랄 수도 없어 나는 이렇게 말했다.

"다음부터는 동생 말 듣지 마라."

과연 2학년인 동생이 '책임'의 진정한 의미를 알고 형에게 말했을까? 아닐 것이다. 책임의 뜻을 확실히 모르고 사용하는 2학년짜리 아이와 책임의 깊은 뜻을 알고도 함부로 공약을 내

거는 정치가 중 누가 더 무책임할까? 소낙비가 만든 흙탕물이 강을 채워도 숲에서 내리는 맑은 물이 많으면 많을수록 물은 조금씩 정화된다. 하나는 비록 작지만 우리 모두가 맑은 물이 될 때 흙탕물은 맑아지는 게 진리이다. 이 땅의 정치인과 정치가 흉내를 내는 아이들은 언제나 이런 진리를 터득할까?

그 집 앞

　　　　　　　　돌아갈 수 없기에 그 시절은 늘
무지갯빛으로 채색되어 나를 웃음 짓게 한다. 그 시절에도 어
찌 좋은 일만 있었을까. 아프고 슬프고 힘든 일도 많았을 것이
다. 그러나 그 시절의 일들은 나의 뇌에 조금은 아름답게 포장
되어 보관되어 있을 수 있다. 첫사랑의 기억처럼. 우리 형제들
이 그 집 앞을 서성거림도 '그냥 생각나서' 라고 말하듯 차마
떨쳐버릴 수 없는 첫사랑의 기억과 같은 것이 아닐까 싶다.
　우리 형제 모두가 그 집에 그토록 연연해 하는 것을 얼마 전
에야 알았다. 그 집은 내가 중학교 때부터 결혼해서 몇 년 후
까지 살았던 것으로 기억되는데 연한 녹색 기와지붕으로 된
아담한 집이다. 오빠만 결혼하고 남은 일곱 식구가 살기엔 작

은 집이었지만 마당의 절반이 꽃밭이었다. 넓은 화단엔 사철나무와 크고 작은 예쁜 꽃나무들이 있어 정겨운 곳이었다. 이유 없이 옛집이 그리우면 무작정 차를 그곳으로 몰았다. 대문밖에서 누군가를 찾듯 마당을 몰래 엿보다가 인기척이 나면 뒷걸음질 치며 고개를 돌렸다. 주인이 이런 나를 보면 엉뚱한 오해를 할 수도 있겠다 싶었다. 대문에서 몇 발짝 떨어진 곳에 차를 세우고 차 안에 앉아서 퇴색된 녹색 기와지붕과 녹슨 철대문을 바라보면 마음은 나도 몰래 그 시절로 돌아간다. 그러다가 아름다운 추억들이 견디기 어려운 그리움으로 다가오면 커피 한 잔을 들고 그리움의 실체를 찾으러 또다시 그 집 앞을 서성거린다.

참 행복한 시절이었다. 작은 일에도 감사함으로 행복해질 수 있다는 비결을 우리들은 그 집에서 터득한 것이다. 동네 사람들은 우리 집을 두고 '참 재미나는 집이다.' 또는 '참 행복한 집이다.' 라는 말을 했었다. 그 말은 우리들보다 부모님이 더 좋아하셨다. 딸이 넷이나 되다보니 별것 아닌 것에도 수시로 깔깔거리며 웃었다. 동네 사람들은 밤낮으로 담을 넘는 웃음소리를 부럽게 여겼던 것 같았다. 우리 집이 재미나게 보인 또 하나 이유는 우리들의 성적표였다. 경제적으로 빠듯했지만 모두들 성실히 공부를 해서 형제들 모두가 학교에서 상위

권을 유지했고, 그 사실은 입소문을 통해 동네에서 모르는 사람이 없었다. 요즘처럼 뭐든 풍족하지 않던 시절에 자녀들 또한 주렁주렁 많아 부모님이 힘들었지만 우리들의 성적표가 늘 부모님께 힘을 실어 주었다. 우리가 통지표를 내밀며 "아버지, 또 성적이 올랐어요!"라고 말하면 자상한 아버지는 호주머니를 다 털어서 빵과 과자, 음료수 등으로 한턱 쏘며 우리들을 격려해 주셨다. 아마 그때의 간식이 요즘으로 치면 통닭이나 피자쯤 될 것 같다.

이런 우스운 기억도 있다. 텔레비전이 귀하던 시절이었다. 한번은 내가 아버지와 내기를 한 적이 있다. '더 노력해서 학급에서 최고의 점수를 받을 테니 그렇게 되면 우리 집에도 텔레비전을 사.' 아버지는 불가능하다고 여기셨는지 웃으시며 나와의 약속을 쉽게 해버렸다. 그날 후 나는 텔레비전을 위해 밤잠을 설치고 공부했다. 그 당시 텔레비전은 서민들에게 부의 기준이기도 했다. 학교에서 학년 초에 가정환경조사를 할 때도 선생님은 "자기 집에 텔레비전 있는 사람 손들어라." 하며 늘 물었다. '이제 우리 집에도 텔레비전이 들어오면 선생님이 물을 때 나도 당당하게 손을 들 것이다.' 라는 생각을 하며 전보다 더 노력을 했다. 결국 나는 목표치를 상회했고 우리 집에 예상 외로 일찍 텔레비전이 들어왔다.

언니도 동생들도 열심히 공부해서 부모님을 기쁘게 해드렸다. 신기하게도 우리 형제의 특징이 학년이 올라가며 또 상급학교에 진학하며 성적이 향상되는 것이었다. 그때 우리들은 힘든 부모님께 효도하는 길은 오직 공부밖에 없다고 생각한 것 같다.

그 집에서 다들 시간을 아껴 공부했고 부모님은 적은 수입을 쪼개어 우리들의 필요를 채워주었으며 작은 집이었지만 그 속에서 품은 꿈들은 야무지고 원대했다. 그래서 모두들 지금도 그 집을 못 잊고 있나 보다.

나는 더러 그 집을 방문했지만 형제 중 누구에게도 말하지 않았다. "작고 초라한 옛날 집에 뭐가 미련이 남아 그렇게 일부러 찾아가기까지 하나."라고 말할 것 같아 그냥 나만 아는 비밀처럼 간직하고만 있었다. 그런데 지난 명절 때 깜짝 놀랐다. 옛집 이야기가 화제가 되자 모두들 그곳을 몇 번 이상 방문했다고 했다. 심지어 서울에 사는 막내 남동생까지 대구에 내려왔을 때 일부러 그 집을 찾아가 본 것이었다.

"얼마 전에 가보니 아직 안 뜯겼더라."

"나도 가보니 누군가 살고 있더라."

"574-12번지! 와! 시멘트 담에 번지가 옛날 그대로 있더라."

그 집에 우리 자매들 모두의 관심과 애정과 진한 그리움을 갖고 있음을 그날 처음 알았다. 그 집은 우리 모두의 가슴속에 그리움의 싹으로 뿌리내려 있었다.

'부모님도 그럴까?'

나는 이런 생각으로 얼마 전 외식을 한 후 부모님을 모시고 그 집으로 갔다. 두 분 다 말씀은 안 하셨지만 그 집을 그리워하고 있음을 지난 명절 옛집 이야기가 나왔을 때 알았다.

"아이고, 아직도 안 헐고 있네. 저 집에서 참 좋은 일도 많았지."

지금은 아무도 살지 않는 녹슨 철대문을 바라보며 어머니가 말씀하셨다. 누군가 헌 집을 사놓고 아마 새로 지을 모양이었다.

"저 집에 살 때가 제일 행복했다. 그때는 희망이 있었지. 너희들은 어렸고, 이젠 죽을 날이 얼마 안 남아…."

살날이 그리 많지 않다는 아버지의 말씀에 맘이 짠했다. 물질적으로 넉넉지 않아도 여러 식구들이 서로 의지하며 북적거릴 때가 얼마나 재미났겠는가.

아버지 말씀이 충분히 이해가 갔다. 남매 중 딸아이가 서울로 공부하러 가도 늘 집이 빈 듯하다. 딸아이가 있으면 수다가 많아 집이 좀 시끄럽고 사람 사는 맛이 난다. 그런데 말수 적은 남동생을 제외하고 수다 많은 딸이 넷이나 되었으니 요즘으로 치면 가히 '딸 바보'라 할 수 있는 아버지가 정말 매일 살맛이 났을 거다.

아! 지금의 친정집이 이사를 가면 우리 형제들은 또 몰래몰래 이 집 앞을 서성거릴 것 같다. 또 첫사랑의 기억처럼 그렇게 말할 것이다.

'그냥 생각나서.'

고향

　　　　　　　　　고향에 다녀왔다. 내 고향은 합
천군 야로면이다. 초등학교 5학년 때 대구로 전학왔지만 아직
도 우리 집 주소가 기억난다. 합천군 야로면 하빈리 454번지
이다. 이 번지는 우리 집 리어카에 검은 글씨로 큼지막하게 써
놓아 오래도록 기억하게 했는데 아마 집집마다 리어카가 비
슷해서 분실할까봐 그랬었나 보다. 오래 전 떠나온 고향이지
만 나의 뿌리인 할아버지와 할머니 산소가 있고 또 내 생명이
잉태된 곳이며 순진무구한 눈으로 세상을 바라보고 미지의
세계를 꿈꾸던 나에겐 거룩한 성지 같은 곳이다. 그래서 함께
먹고 놀며 걱정하며 자란 고향친구들은 친형제와 다름없는
끈끈한 정을 유지했다. 대구가 제 2의 고향이 된 지 40여 년의

세월이 넘었지만 누군가 나의 고향을 물으면 '합천군 야로'를 들먹이며 묻지도 않는 고향 자랑을 늘어놓기 일쑤다. 나의 고향 자랑은 본능이라 표현하는 게 정확할 것 같다. 내가 생각해도 '고향 홍보 대사' 쯤으로 불러도 고향 친구들이나 고향에 미안하지 않을 정도다. 고향 친구들은 자라면서 나처럼 도시로 전학을 가기도 하고 시집을 먼 곳으로 가기도 해 전국으로 뿔뿔이 흩어져서 산다. 그나마 몇 명의 친구들이 든든하게 고향 지킴이로 남아 우리에게 위로가 되기도 한다.

연례행사로 초등학교부터 대학교에 이르기까지 동창회 모임 연락이 온다. 그런데 나는 고향 초등학교 외에는 별로 관심이 없었다. 그런데 고향 초등학교 동창회에서는 연락이 오지 않는다. 내가 5학년 때 대구로 전학을 가서 졸업을 못 했기 때문이다. 이 사실이 나에게는 큰 아픔이었다. 많은 고향 친구들과 교류할 수 있는 기회를 상실했기 때문이다. 그러던 어느 날같은 동네 친구 몇 명을 만난 자리에서 나도 동창회에 참석하고 싶다고 끼워 달라 했더니 친구들이 이구동성으로 "같이 입학했으면 졸업 못해도 당연히 동창이지."라고 말하며 꼭 참석하라고 했다. 왜 진작 그런 용기를 내지 못했을까. 아무 데나좀 끼워달라고 용기 있게 말하지 못하는 자신한테 연민의 정이 느껴졌다.

드디어 지난 토요일 전학 온 이후 처음으로 초등학교 총 동창회에 참석했다. 벌써 학교 역사는 100년에 다가서고 있었다. 아버지, 삼촌, 고모, 언니, 오빠도 모두 고향 학교 출신이라 온 가문을 대표하여 내가 참석한 셈이다. 처음 참석한 주제에 가문을 대표하여 내가 참석했노라고 으스대기까지 했다. 무슨 대단한 자격증이라도 있어야 참석하는 것처럼 그 자리가 그렇게 자랑스럽고 영광스러웠다.

한 식구와 다름없는 동네 친구들은 어렴풋이 기억이 나는데 멀리 떨어진 다른 동네 친구들은 대부분 낯설었다. 성도 이름도 얼굴도 까먹었지만 고향이라는 한 품 안에서 우리들은 손을 잡고 끌어안으며 서로를 다독였다. 그리워하던 첫사랑을 마주한 듯 가슴이 뛰었다. 첫사랑, 맞다. 누구에게나 고향은 잊을 수 없는 질긴 인연의 첫사랑이 아닐까. 하빈, 정대, 외기, 묵촌, 뒤기재, 매촌, 웃터 등 온갖 동네 이름들이 쏟아져 나왔다. 모두 실명이었지만 전설에나 나오는 이름 같았다.

나는 처음으로 참석했지만 고맙게도 나를 기억하는 아이들이 많았다. 우리 집 우물 덕분이었다. 그 당시 학교 담장 너머에 우리 집이 있었고 아이들은 학교 우물가가 복잡하면 우리 집 우물을 이용했다. 특히 점심시간 때 급식 통을 씻으러 많이 왔었다. 급식 통은 요즘처럼 간편한 식판이 아니라 찌그러진

양철통이었다. 그런 통 속엔 옥수수 죽이 조금 남아있었다. 그 당시 가정 형편이 어려웠던 아이들에게 노란 옥수수 죽을 무상으로 배식했었는데 나는 그 죽이 먹고 싶어 아이들이 우리 집에 급식 통을 씻으러 오면 반가웠다. 바닥에 조금이라도 붙어 있는 죽을 숟가락으로 긁어 맛있게 먹었다. 우리 집 우물을 이용하는 옥수수 죽통 때문에 나를 모르는 학생은 거의 없었다. 나의 인지도가 높은 또 하나의 다른 이유는 아버지가 학교 바로 옆 교회에 전도사님으로 계셨기 때문이다. 그 당시 아버지 혼자 교회를 단독으로 맡아 온갖 일을 하셨는데 유별나게 다정다감하고 친절하셔서 아이들이 참 좋아했다. 먹거리가 귀하던 시절이라 주일날이나 크리스마스 때 교회에 와서 사탕 하나쯤은 얻어먹지 않은 아이들이 거의 없어서 아버지를 대부분 기억했다. 간혹 나를 모르는 친구들이 있으면 뒷집에 살던 친구 S는 '정혜는 야로 교회 목사님 딸이다.' 라고 소개하면 고개를 끄덕였다. 사실 친구는 전도사인 아버지를 목사님이라고 소개했다. 아버지 덕분에 친구들이 나를 좀 기억해 주어 다행이었다.

총동창회 식순 중에 교가제창이 있었는데 나는 가사와 가락이 생전 처음 보는 것처럼 생소했다. 교가가 도중에 바뀌었는가? 적어도 입학해서 5년간 아침 조회나 학교 행사 때 열심히 불렀을 법한데 전혀 기억이 나지 않았다. 그래도 나는 나누어 준 악보를 보며 나만의 감회에 젖어 열심히 불렀다. 모교에 공로가 큰 동창들에게 공로 표창이 수여되고 기수별로 나와 한마당 노래와 춤 잔치가 벌어졌다. 함께 동고동락한 고향을 잊지 말고 모교의 발전을 함께 생각해보는 화합의 장이었다.

기수별로 테이블에 앉아 정담을 나누는데 한 남자 동기가 나에게 명예 졸업장에 대해 말했다.

"나는 4학년 때 전학 갔지만 명예 졸업장을 받고 회장까지 했다. 넌 5학년 때 전학 갔으니 나보다 1년이나 더 다녔네. 앞으로 졸업 안 했다고 기죽지 말고 동창회에 꼭 나오너라."

남자 동기는 이런 정보를 나에게 주면서 고향학교 명예 졸업장을 명예롭게 생각했다. 그 친구의 말이 큰 위로가 되었다. 나중에 알고 보니 나처럼 졸업을 못 하고 전학 간 친구들이 몇 명이나 동창회에 나오고 있었다. 나는 떨어져 나온 섬처럼 소외감을 느끼며 친구들에게 먼저 다가서지 못한 걸 뒤늦게 후회했다. 이런 나를 보고 있던 총동창회 총무가 빙그레 웃으며 나에게 말을 걸었다.

"조금만 일찍 알았다면 올해 명예 졸업장을 받을 수 있었을 텐데."

"그런 게 있는 줄 몰랐지."

"이제 알았으니 내가 신청해 내년엔 명예 졸업장을 받도록 노력해 볼게."

"옛 친구가 좋긴 좋구먼."

사실 나는 초등학교에 명예 졸업장이란 게 있는 줄도 몰랐다. 만약 받는다면 나에게는 대학 졸업장보다 더 귀할 것이다. 명예 졸업장의 의미는 무엇일까? 사랑하는 연인처럼 늘 고향 학교를 그리워했지만 아무것도 해주지 못했다. 그런데 공로도 없는 내가 그런 졸업장을 받을 자격이나 있는 것인지 스스로를 뒤돌아보았다. 먼지로 뒤덮인 추억을 반추하다 보니 공로라 치기엔 부끄럽지만 굳이 기억해낸다면 동화집을 발간했을 때 몇 권 기증한 적이 있다. 딱 그것뿐이다. 그래도 명예 졸업장을 받도록 추천해 준다니 가슴에 작은 설렘이 일었다.

전체 모임이 끝난 후 기수별로 노래방에 갔다. 신나게 리듬을 타며 노래를 부르고 막춤을 추다가도 '고향'을 주제로 한 노래가 흘러나오면 분위기가 숙연해졌다. 겨울비의 쓸쓸함 같은 합창이 좁은 공간을 채웠다. 약속이라도 한 듯 손을 잡으며 온기를 나눈다. 풍진세상을 살아가며 겪은 아픔, 슬픔, 배신, 상처를 그 온기로 위로 받는 것 같다. 좇는 실체도 없건만 늘 쫓기며 위태롭게 살아온 나는 어머니의 따뜻한 품 같은 고향에서 모처럼 안도감을 느낀다. 참 편안하다. 두려움이 없다.

친구들 모두가 내 편이 되어줄 것 같다.

　우리들은 함께 한 많은 기억들을 떠올렸다. 겨울 준비를 하러 선생님과 먼 산으로 땔감 나무 하러 갔던 일, 반 아이들과 학교 뒷산에서 송충이 잡던 일, 추수 후의 마을 논에 벼이삭 주우러 갔던 일, 숙제로 내주던 잔디 씨앗 수집, 쥐꼬리 잘라서 가져오기, 이 산 저 산으로 소에게 꼴을 먹이러 갔던 일 등 수많은 추억들이 꼬리를 이었다. 퍼내고 퍼내도 끝이 없는 바위 샘물처럼 기억들은 꼬리에 꼬리를 물었다. 희미해진 어린 시절 기억들은 신나고 즐겁고 슬프고 외롭고 아팠지만 모두가 아름다움으로 우리들의 가슴을 채웠다. 착하게 산다는 것이 어떻게 사는 것인지 깊은 의미도 모르면서 늘 '착하게 살자' 는 말을 좌우명처럼 말했고, 이유 없이 잘 웃었다. 호흡하는 처소는 다들 달랐지만 우리는 그런 날을 기억하고 살았다. 그래서 '고향' 이라는 말만 들으면 설레고 정겹고 눈물이 난다. 삶의 무게에 짓눌려 힘겨울 때나, 운명적인 궁지로 내몰릴 때 고향은 엄마 품 같은 은신처가 된다.

3부
음악이 흐르는 파출소

도서관과 딱 붙은 건물이 이곳 문화파출소
라 이래저래 내가 복이 많다. 음악이 흐르
는 파출소 앞을 지나면 저절로 귀가 열리
고, 발걸음이 가벼워진다.

커닝과 확률

대학 시절, 기말고사를 앞두고 엄청난 양의 시험 범위로 고민하던 친구들은 커닝을 하기로 굳은 결의를 했다. 교육대학교에서 배워야 할 과목은 지금 초등학교 고학년의 과목만큼 많다. 예체능 과목은 실기 시험으로 평소에 틈틈이 치러졌다. 다른 과목은 정해진 시험 기간 안에 다 공부를 해야 한다. 과목도 다양했지만 시험 범위는 얼마나 넓고 외워야 할 교육 이론들은 어찌나 많던지. 그 당시 얼마나 시험 스트레스를 받았으면 지금도 악몽을 꾸었다하면 대부분 시험 치며 낭패 당하는 꿈이다. 반도 못 풀었는데 교수님이 거두어 가는 꿈을 꾸다 눈을 뜨며 '아, 꿈이라 참 다행이다.' 하며 안도의 한숨을 내쉬기를 몇 번이나 했던가!

커닝! 학창 시절 내가 커닝을 경험한 것은 대학교 때가 처음이었다. 중·고등학교 때도 학급에서 커닝 페이퍼를 만들어 커닝을 하는 간 큰 아이들이 있었다. 나는 겁이 많고 소심해 그런 아이들을 보면 내 간이 오그라드는 것 같았다. 그렇지만 다른 친구들은 달랐다. '들키면 끝이다.' 라는 비장한 각오로 감독 선생님의 눈을 피해가며 잘도 했다.

그런 내가 친구들이 짜놓은 커닝 작전에 말려든 것이다. 그날도 난 여전히 간이 작아 엄두도 못 냈는데 깨알 같은 글자로 쓴 커닝 페이퍼를 슬그머니 넘겨주는 것이었다. 그리고는 평소 교수님이 강조하던 내용들을 책상 위에다 빼곡하게 적는 것이었다. 나도 따라했다. 가슴이 콩닥거렸다. 자꾸만 얼굴이 화끈거리며 달아올랐다.

잠시 후 시험 감독 교수님이 강의실로 들어오시더니 우리들을 빙 둘러보셨다. 하필이면 깐깐하기로 제일 이름나 있는 교수님이라 긴장이 되었다. 우리들의 얼굴을 훑어보는 듯 했지만 아마 교수님은 우리들의 책상 위를 보셨나 보다. 볼펜 글씨로 꽉 채워진 책상은 칠판을 방불케 했다. 교수님은 모두 일어서라고 하시더니 한 줄씩 자리 이동을 시켰다.

아, 얼마나 억울했던지! 열심히 베껴 써놓고 자리를 옮기려니 발걸음이 떨어지지 않았지만 어쩔 수 없었다. 헉! 하필이면 내가 옮겨간 책상은 볼펜 자국 하나 없이 깨끗했다. 뭐라도 좀 적어놓지. 그 친구가 원망스러웠다. 처음으로 용기를 내어 커닝을 시도하려던 나는 결국 실패하고 말았다. 받아든 페이퍼 용지는 펴볼 마음조차 먹지 못했다. 왜냐하면 날카로운 교수님의 눈은 우리들의 엉큼한 속내를 훤히 알고 계셨기 때문이다.

"교사 지망생들이 커닝 작전이나 세우다니 참 한심하다."

교수님의 말을 듣고 보니 퍽 부끄럽고 창피해 얼굴을 들 수 없었다.

세월이 흘러 대학을 졸업하고 아이들 앞에 섰다. 매 시험 때마다 커닝을 하는 아이들은 꼭 있다. 1, 2학년의 경우 컨닝하는 모습을 보면 순진하기 짝이 없다. 못 푸는 문제가 있으면 짝꿍 시험지를 보거나 뒤에 앉은 아이의 답을 천연덕스럽게 본다. 또 다른 친구들이 해답을 몰라 쩔쩔매는 표정을 지으면 친절하게 가르쳐주기도 한다. 담임한테 들켜 혼나도 별로 당황하는 기색도 죄의식도 없어 보인다. 사이좋게 상부상조하는 분위기다.

5, 6학년의 경우는 최대한 잔머리를 굴리고, 교묘한 수법을 쓰기도 한다. 교사의 눈과 정면으로 충돌하지 않는 이상 넘어가는 수밖에 없다. 그런데 기가 찰 노릇은 들켰는데도 끝까지 커닝할 의도가 아니라 우연이라고 잡아뗀다. 심증이 아니라

내 눈 앞에 물증이 있는데도.

한 번은 이런 일이 있었다. 사회 시험 시간에 책상 서랍에 있던 사회책이 아이의 두 발 사이에 펼쳐진 채 떨어져 있는데도 태연히 시침을 떼었다. 확인해보니 펼쳐진 바로 그 쪽수에 출제된 시험문제의 해답이 나와 있는 내용과 그림이었다. 내 눈과 그 아이 눈이 마주치자 '무슨 일이 있느냐?'는 듯이 흔들림 없는 자세로 꼿꼿하게 마주보았다. 죄의식이 전혀 없는, 너무 당당한 태도에 내가 오히려 당황했다. 내가 사회책을 가리키자 '책상 서랍에 있던 사회책이 우연히 발 아래로 떨어졌다.'고 우겼다. 순간 정직한 아이를 내가 의심하는 것 같아 책을 서랍 속에 넣어주고는 아무런 말도 하지 않았다.

나는 그날 확률에 대해 깊이 생각해 보았다. 시험을 치며 책상을 움직이다 보면 서랍 속의 책이 밖으로 쏟아져 나올 수 있다. 평소 자세가 안 좋은 아이들에게 허다히 있는 일이다. 그런데 사회 시험 시간에 사회책이 떨어질 확률, 거기다 시험에 출제된 내용의 쪽수가 펼쳐질 확률. 이 경우는 로또에 당첨될 확률이 아닐까 싶다. 그래서 그때 바로잡아주지 못한 자신을 문득문득 후회하지만 이런 내 생각이 오류일 수도 있다고 여겨진다. 왜냐하면 복권 당첨이 될 수도 있기 때문이다. 그때 그 일은 그 아이만 일고 있을 것이다.

자기만의 잣대

직원회의 때가 되면 선생님들의 눈길은 M선생님에게로 쏠린다. 한눈에 봐도 윤기 흐르는 원단에 화려한 빛깔이 백화점의 유명메이커 옷임을 알 수 있다. 그런 명품 옷을 패션쇼하듯 수시로 바꿔 입어 주위 사람들의 눈길을 끌었다. 특히 여선생님들에게는 부러움과 선망의 대상이었다. 명품 옷에 걸 맞은 손가방이며, 구두에 안경까지도 고가임을 스스로 드러내고 있다. 명품을 몸에 두른다고 다 어울리고 멋이 나는 것은 아니다. 그런데 M선생님은 타고난 미적 감각에 다듬어진 몸맵시로 옷과 소품들의 코디가 언제 봐도 멋있고 정갈하고 품격 있어 보인다. 반반한 옷 한 벌 사는 데도 큰맘 먹고도 몇 번을 벼르는 우리에게는 당연히 부러움과 선망의 대상일 수밖에 없다. 의상이 날개라더니 M선생님은 초등학교 여선생님보다 상류사회의 귀부인으로 보인다. 거기다가 교양미 넘치는 언어 선택에 은쟁반에 옥구슬 구르는 고운 말씨는 상대방을 주눅 들게 한다. 특히 생각이 깊고, 마음씨마저 예쁘고 너그러우면서 화끈하다.

이런 M선생님과 나는 나이 차이가 많이 났지만 아주 가깝게 지냈다. 바로 옆 반이라 수시로 만날 때마다 '나도 저 나이가 되면 저렇게 품격 있게 입어야지.' 하는 생각이 버릇처럼 굳어졌다. 그런데 어느 날 그 꿈마저 접었다. 왜냐하면 내 한 달치 월급으로 그 손가방 하나를 살 수 없다는 사실에 충격을 받았다. 내게는 오르지 못할 나무였다.

사실 나는 남의 가정사에 관심이 없는 편이다. 친한 동료 직원이라도 그 남편이나 아내의 직업이 뭔지 자녀가 몇인지 등 내 쪽에서 좀처럼 묻지 않는다. M선생님한테도 물은 적은 없지만 아마 남편이 좀 잘나가는 기업의 사장님이 아닐까 하고 짐작했었다. 그러나 화려한 옷차림을 두고 이러쿵저러쿵 남 말하기 좋아하는 또래 나이의 여직원들이 흉을 보기도 했다.

"선생 월급에 분에 넘치게 입는다."

"너무 사치한다."

직원들은 자기네들은 분수에 맞는 생활을 하는 것처럼 말했지만 내 눈에는 분명 부러워하는 눈빛으로 비쳤다. 사촌 논 사면 배가 아프다더니, 그렇게 M선생님처럼 예쁘고 우아하며 세련되게 입을 형편이 못 되니 질투하는 거라 여겼다. 자기만의 잣대로 동료의 등 뒤에서 쑥덕거릴 뿐 아무도 M선생님에게 당당하게 한마디 하지 못해 비겁하게 보이기도 했다.

M선생님은 주중 두어 번 정도 꼭 병원에 들렀는데 승용차가 없어 대중교통을 이용하고 있었다. 병원은 내가 퇴근하는 방향이라 조심스럽게 운을 뗐다.

"집에 가려면 병원 앞으로 지나는데 동승하면 안 될까요?"

"감사합니다. 내가 고마운 뜻으로 밥 한 끼 살게요."

"누가 입원해 계십니까?"

"사실은 남편이 쓰러져 오랫동안 입원해 있어요."

쿵 가슴이 내려앉았다. 나와 많은 여직원들의 상상이 무참하게 빗나갔다. 남편은 마흔아홉 살 때 승용차 안에서 뇌졸중으로 쓰러진 후 6년째 식물인간처럼 살고 있었다. 남편의 퇴직금도 병원비와 간병비로 다 써버리고 혼자 벌어 두 아들을 공부시키며 병원비를 대고 있었다. 회복할 희망도 없는 남편을 포기하지 않는 이유는 단 한 가지였다. 장래 두 아들에게 원망을 듣지 않기 위해서였다. 돈 때문에 아버지를 포기한 비정한 어머니가 되기 싫었던 것이다. 남편의 입원 기간이 길어

질수록 그녀의 삶의 무게는 더 무거워져갔다. 유일하게 스트레스를 푸는 방법이 예쁜 옷을 사 입는 거라고 얼굴을 붉히며 고백했다. '이런 낙도 없으면 나는 정말 살지 못한다.' 는 나직한 말은 강렬한 절규였다. 나에게만 마음의 문을 열어준 선생님이 고마웠다.

세월이 흘렀다. 아픔을 안고도 힘겹게 살아가는 그분을 위해 나는 아직도 그분의 1급 비밀을 지키고 있다. 예쁜 옷을 차려입고 거울 앞에 설 때, 아이들 앞에 설 때 그녀는 잠시나마 위로를 받으며 살맛을 느낀다고 했다. 예쁜 옷이 구원자인 셈이다. 그 후 나도 모르게 M선생님의 옷차림을 몰래 관찰하는 습관이 생겼다. 옷차림이 눈부시게 화려한 날 그녀의 영혼은 더 슬프게 내게 다가왔다. 화려한 옷차림 뒤에 감추어진 삶의 아픈 파편들이 따갑게 나를 찔렀다.

M선생님을 통하여 평소 함부로 판단한 나를 새삼 돌아다본다. 우리들은 남의 극히 일부분을 알면서 전부를 아는 양 떠들어대고 뒷담화를 즐긴다. 남의 말을 쉽게 하다보면 대부분이 비판과 비난 일색으로 흐르기 쉽다. 사람들은 나이가 들어가면서 입은 닫고 지갑은 열어라 했는데 반대로 지갑은 닫고 입을 연다. 여기저기서 입을 여니 세상이 늘 소란스럽다.

나는 요즘 깁스를 하고 석 달째 목발을 짚는다. 그런데 신기하게도 마주치는 사람들이 깁스한 이유를 묻지 않는다. 백이면 백 사람 이렇게 자기 쪽에서 먼저 말한다.

"어쩌다 다쳤어요?"

"에고, 많이도 다쳤나보네."

"어디서 그렇게 다쳤어요?"

내게 말할 기회를 주지 않고 나를 다쳤다고 판단하는 그들이 미안해 할까봐 나는 씨익 웃고 만다. 나는 다친 게 아니다. 몇 년간 통증으로 시달려 온 발목을 복잡하게 수술한 건데 모두들 넘어져 다쳤다고 판단한다. 우리들은 각자의 상식과 경험으로 사람을, 세상을 너무 쉽게 판단한다. 자기만의 잣대로 세상을 재는 삶의 방식이 아쉽다. 자기만의 잣대가 아닌 모두가 공감하는 그런 잣대는 어떤 것일까? 문득 이런 책 제목이 생각난다. '아들아 한 수레의 책도 읽지 않고서 세상을 판단하지 마라.'

적자생존

직원회의를 할 때면 교장 선생님이 교사들에게 두고 쓰는 전용문자가 있다. '적자생존'이다. 적자생존의 원래의 의미는 누구나 다 알 것이다. 여기서는 '적는 자만이 살아남는다.' 즉 기록의 중요성을 강조하여 회의 시간에 누군가 발표하면 그 내용을 귀로만 듣지 말고 적어라는 것이다. 교장이 '적자생존'을 강조한 이유는 회의 시간에 기록하지 않고 자신의 기억력을 믿으며 귀로만 듣는 교사들이 많았기 때문이다.

'기억은 짧고 기록은 길다'라는 말이 있다. 나이가 들어가면서 적자생존에 공감이 더 가는 말이다. 일주일 전에 읽은 책 내용을 다른 사람한테 전달하기 위해 시작은 했는데 중간쯤에서 스토리가 기억나지 않아 애를 먹은 경험이 몇 번이나 있다. 처음부터 이야기를 시작하지나 말 것이지 용감하게도 나는 내 기억력을 믿었던 것이다. 최근에 와서 내 기억력의 한계를 깨닫고 독서 후 중요한 내용과 내 생각을 기록해 두기로 했다. 그런데 나는 오늘 또 한 번 황당한 경험을 했다. 그동안 메모한 독서노트를 보니 기억이 나는 내용도 있고 '어, 언제 내가 이런 걸 기록했지?'라고 생각할 정도로 기억이 안 나는 내용도 있었기 때문이다. 그래도 생각하며 손수 기록한 내용이라 가끔씩 꺼내 읽어본다면 내 머리에 오래 저장될 것이다. 기억보다는 기록의 힘을 믿는 게 현명할 것이다.

내가 아는 사람 중에 제일 기록을 많이 하는 분이 바로 아버지다. 아버지는 지금 86세다. 오랜 세월 동안 교사를 했으며 한때 영어에 취미가 있어 나름 영어 공부를 한 나지만 아버지 앞에서는 기가 죽고 부끄러움을 넘어서 자신이 한심하게 느껴질 때가 있다. 아버지는 학창 시절 기초적인 영어 공부는 하셨던 것 같다. 그리고 젊은 시절에 잠시지만 미군부대에 다니셨다. 물론 외국인과 접근성 때문에 영어 실력 향상에 도움은 됐겠지만 그게 다는 아니라 생각한다. 왜냐하면 아버지보다 더 오래 근무한 사람들도 다 영어를 잘 하는 것은 아니기 때문이다. 미군부대 근무 경력이 지금의 실력으로 이어지는 데는 아버지의 하고자 하는 의지와 기록 때문이라 여겨진다.

세월 따라 젊은 시절의 기억들은 점점 사라지기 마련이다. 그런데 86세의 아버지는 지금도 많은 단어, 정확한 스펠링이며 문장 구사, 일상의 회화까지 다 가능하다. 어머니와 영어권 나라에 해외여행을 가서도 통역이 필요 없으니 자녀들이 안심이다. 이 모든 것을 가능케 하는 비법은 오직 기록의 힘이라고 믿는다.

아버지는 항상 기록하신다. 아버지께 기록은 먹을 때마다 이를 닦는 정도의 기본 생활 습관 중의 하나다. 자녀들이 방문하여 대화하며 놀다가도 유머, 모르는 용어, 유행어, 영어, 속담 등 새로 들은 내용이 있으면 아버지는 슬그머니 수첩과 볼펜을 가져와 바로 기록하신다. 그뿐 아니다. 차 안에서 거리의 간판을 보시다가도 이해가 안 가는 내용이나 낱말이 있으면 수첩에 메모하고 집에 가서 사전을 찾는다. 신문을 보거나 텔레비전이나 라디오 방송을 듣다가도 모르는 내용이 있으면 자녀들에게 물어보고 또 기록하신다. 지적 호기심이 아이들 수준만큼 높다. 그리고 매일 저녁 주무시기 전에 초등학생들이 일기를 쓰듯 그날의 단상을 기록하신다. 아버지의 서랍은 항상 잠기어 있어 일기를 읽어 보기란 불가능하다. 일기 때문에 서랍을 잠글 수도 있다. 아버지의 일기가 항상 궁금했다.

그런데 몇 년 전 기회가 왔다. 아버지가 외출하시며 실수로 서랍을 잠그지 않았다. 나는 재빠르게 몇 편을 읽었다. 내용이 진술하고 감성이 풍부함을 느낄 수 있었다. 평소 아버지가 잘 쓰는 단어들 '기쁘다' '슬프다' '안타깝다' '감사하다' 등이 많았고 그날의 경험 뒤에 느낌을 솔직히 썼다.

가끔 자녀들이 모여 과거 이야기를 하며 '그게 뭐더라? 언제였지?'라고 하며 기억이 나지 않아 애태워하면 아버지는 바로 다이어리를 갖고 오신다. 그날의 기록을 찾아 상세히 읽어주어 우리들의 궁금증을 속 시원히 풀어주심은 물론 "그 날은 비가 왔네."라고 하며 날씨까지 말해 주어 우리들은 아버지의 세심함에 새삼 놀란다.

아버지의 기록은 영어공부나 서사적 사건에 그치지 않는다. 예를 들면 전기세, 수도세, 가스요금, 재산세 등도 하나도 빼놓지 않고 기록하신다. 그 기록물은 사장되는 것이 아니라 삶의 가늠자로 활용하신다. 연도 대비, 월 대비로 분석한 후 바람직하고 합리적인 삶을 추구하는 잣대로 이용하신다. 기록하고 기억함의 반복을 통해 아버지의 뇌는 늙지 않는 것 같다. 아직 검은 머리카락이 많고 걸음걸이가 빠르며 또래 연세의 어르신들에 비해 만나는 사람이 많은 편이고 밥맛이 아주 좋다고 하신다. 한마디로 '살맛'을 매일 느끼신다. 90세를 바라보지만 이 세상에 궁금한 게 많고 또 기록하여 기억하고 싶어 하신다. 나는 이런 '기록'이 아버지가 늙지 않는 비결이 아닐까 생각한다.

어느 날 문득 아버지가 기록하시는 볼펜을 놓는다는 생각만으로도 아찔하다. 왜냐하면 바로 아버지께서 삶의 의미를 상실했다는 뜻이기 때문이다. 아버지께 기록은 밥 먹고 잠자는 것처럼 소중하고도 삶의 존재 이유 같은 거니까. 그런 아버지가 자랑스러워 장난기 어린 말로 말한다.

"아버지, 정말 아시는 게 많아요. 그게 다 제때 기록하시는 덕분인 것 같아요."

"나보다 기록 더 많이 하는 사람 있으면 나와 보라고 해라. 그 기록 덕에 친구들이 나를 박사라고 부른다. 허허허…."

아버지의 명료한 기억력, 폭넓은 지식, 깊은 지혜는 발품이 아니라 손품을 팔아 얻은 소득이다. 오랜 시간 동안 축적해 온 아버지의 엄청난 재산이다.

음악이 흐르는 파출소

통기타와 하모니카가 환상의 조화를 이루는 작은 음악회가 열렸다. 바위섬, 가수 해바라기 노래 등 국민가요 수준의 7080 노래들이 애잔하게 울려 퍼지며 행인들의 발걸음을 멈추게 한다. 특이하게도 음악회가 열리는 장소는 파출소 옆 작은 마당이다. 길을 가던 할아버지, 할머니, 중년의 아저씨와 아주머니 그리고 젊은 부부, 청소년들까지 걸음을 멈추고 음악에 귀를 기울인다. 짐작하건데 그들은 음악으로 힐링을 하며 잠시나마 빡빡한 일상을 잊고 있으리라. 나처럼 말이다. 음악의 힘은 참 위대하다. 파출소 옆에 자리한 좁은 마당엔 평소에 행인들은 아무도 눈길을 주지 않았다. 그런데 음악이 사람들을 모으고 또 그 얼굴을 행복하게 만들었다. 비록 무료 공연이지만 세 분의 음악가는 혼신의 힘을 기울여 연주하며 노래한다. 노래에 맞춰 고개를 끄덕이고 어깨춤을 추고, 손뼉을 치다보면 연주자와 관객은 모두 하나가 된다. 관객들은 함께 노래하며 사색한다. 유명세를 타는 음악가의 연주도 아니며 길가는 행인들이 모인, 좁은 마당에서 열리는 지극히 소박한 공연이었지만 영혼의 울림은 컸다.

참 고마운 분이다. 자신의 능력으로 남을 돕는 것만큼 가치있는 일이 어디 있을까? 음악을 전공했거나 노래를 좋아한다고 해서 모두가 저렇게 남을 위해 연주할 수 있는 것은 아니다. 사람들은 죽기 전에 누구나 후회를 한다고 한다. 사람은 달라도 뉘우침의 공통점은 돈을 많이 못 벌었거나, 더 열심히 일하지 못한 걸 후회하는 일은 거의 없다고 한다. 나보다 남을 위해 좋은 일을 좀 더 하지 못한 걸 후회하고, 스스로 잘했다고 여기는 작은 일들을 기억한다고 한다. 나도 그럴 것 같다. 집 한 채라도 자식들한테 물려줄 수 있으니 뿌듯하다는 생각보다는 남을 위해 한 아주 작은 일들을 기억하며 미소를 지을 것 같다. 부끄러운 예 같지만 내가 청년 재소자 S에게 선물한 『조선왕조실록』은 어쩌면 영원히 그의 가슴속에 기억될 거란 믿음으로 기억하고 싶다. 왜냐하면 철없이 사고를 내고 갇힌 청년은 그 책을 읽고 싶다고 간절히 원했기 때문이다. 그런데 가정 형편이 어려운 부모님은 면회조차 오지 않았다고 했다. 나는 그런 책을 선물할 수 있어 기뻤고, 그 청년은 그토록 읽고 싶었던 책을 울림이 큰 기쁨으로 읽었을 것이다. 내 작은 선물이 큰 기쁨으로 자리한다면 그보다 더 보람된 일이 있을까? 그 책을 영치품으로 넣어준다고 했을 때 온 얼굴에 피어나는 미소와 빛나는 눈빛을 난 아직도 기억하고 있다. 그토록 절실한 바람을 내 배려로 이루어질 수 있도록 한다면 난 백 번이라도 그런 일을 하고 싶다. 어쩌면 지금 연주하는 분들도 그때 나와 같은 심정일 것만 같다.

작년에 우리 집 바로 코앞에 치안센터가 문화파출소로 개소식을 했다. 치안 업무를 하면서 문화 공간으로 거듭난 것이다. 일본 지배를 받던 때의 순사가 얼마나 무서웠던지 지금도 그 시대를 겪었던 어르신들은 경찰만 보면 죄짓지 않아도 가슴부터 뛴다고 한다. 인식은 습관처럼 굳어져 지금도 많은 사람들에게는 파출소 문턱이 높기만 하다. 그런데 문화파출소는 이런 인식의 틀을 확 깨버린 것이다. 시민을 위한 문화공간을 제공하는 문화파출소는 전국에 몇 되지 않고, 대구 경북에는 이곳이 유일하다고 한다. 파출소 2층은 다양한 문화 활동 공간으로 이루어지며 주민들이 언제든지 이용할 수 있다. 오다가다 그 곁을 지나면 낯익은 클래식이 자주 흘러나와 벤치에 앉아 잠시 듣기도 한다. 로비에서 아이들이 악기 연주를 하는 모습을 보면 파출소가 맞나 싶다가도 경찰 유니폼을 입은 경찰관이 보이면 그곳이 치안센터임을 인식하게 된다. 문화파출소에 근무해서 그런지 제복 입은 경찰관은 근엄하게 보이기보다 친근감 있고 부드러운 인상을 준다.

작년에 이곳으로 이사 오면서 5분 거리에 도서관이 있어 큰 행운이라 여겼는데 도서관과 딱 붙은 건물이 이곳 문화파출소라 이래저래 내가 복이 많다. 음악이 흐르는 파출소 앞을 지나면 저절로 귀가 열리고, 발걸음이 가벼워진다. 전국적으로 이런 문화파출소가 더 많이 생기면 좋겠다. 치안 업무도 맡으면서 문화 공간을 제공한다면 주민들의 삶의 질이 한층 높아질 것이다.

세상에서 가장 좋은 음료

러시아의 대문호 톨스토이가 쓴 명상집 『살아갈 날들을 위한 공부』에 이런 구절이 나온다. "혀끝까지 나온 나쁜 말을 내뱉지 않고 삼켜 버리는 것, 그것이 세상에서 가장 좋은 음료이다." 좋은 음료인 것은 아는데 그것을 실천하는 일이란 결코 쉽지 않다. 말은 사람을 살리기도 하고 죽이기도 한다. 성경에도 "혀는 능히 길들일 사람이 없나니 쉬지 아니하는 악이요 죽이는 독이 가득한 것이라."고 나와 있다. 말을 많이 하는 직업일수록 자신의 혀를 잘 다스려야 한다. 말의 힘은 엄청나다.

나는 30년 넘게 초등학교 교사로 있으면서 아이들 앞에서 정말 많은 말을 했다. 그중에는 진실 된 말도 있었고 더러 교육효과를 극대화 시키기 위해서 어쩔 수 없이 한 거짓말도 있었을 것이다. 또 내 자신이 알게 모르게 상처 주는 말도 분명 많이 했을 것이다. 물론 꾸중보다는 칭찬이 더 효율적이란 측면에서 교사들은 칭찬을 밥 먹듯 한다. 특히 초등학생 중 저학년일 경우는 교사들은 습관적으로 칭찬하는 말이 몸에 배어 있다. 교사의 칭찬 한마디가 힘이 되어 그 아이의 장래희망을 결정하기도 한다. 반대로 상처 주는 말 한마디가 그 아이의 가슴에 영원한 상처로 남기도 한다.

남동생은 50이 다 되어가는 나이에도 어린 시절 교회 예배 때 있었던 일을 기억하고 아주 서운해 한다. 예배 시간에 동생이 담당 선생님 말이나 목사님 설교에 집중하지 않고 떠들었나 보다. 그랬더니 그 선생님이 동생을 노려보며 "너는 차라리 교회 안 나오는 게 좋겠다."고 말했단다. 제삼자인 내가 뒤늦게 이 말을 들어도 불쑥 화가 치미는데 어린 동생은 서운함을 넘어 얼마나 좌절했을까? 오월의 햇순처럼 여리고 여린 마음에 얼마나 상처가 컸을까. 그다음 주일날 동생이 교회에 갔는지 안 갔는지는 모른다. 아마 성격 좋은 동생은 '선생님이 심한 말을 해도 나는 교회 가는 게 낫다.' 라고 판단하고 계속 다니지 않았나 싶다. 그 선생님은 지금 연로하신 장로님으로 존경 받고 있다. 그때는 젊은 때라 의욕이 넘쳐 직설적인 발언으로 어린 마음을 헤아리지 못했지만 지금은 다르다. 세월의 나이테만큼 익을 대로 익은 분이라 지금은 아이의 산만함을 고치기 위해 그렇게 말하라고 간청해도 하지 않을 분이다. 하지만 그분의 그때 그 말 한마디는 강산이 네 번이나 바뀌어도 동생의 가슴속에 뽑을 수 없는 큰 못으로 박혀 있다.

나도 어린 가슴에 못을 박은 일이 생각난다. 나는 미술 시간에 그림을 정말 성의 없이 그려 낸 아이들에게 이런 말을 종종 했다. 어쩌면 나도 다른 선생님들처럼 교육적 상용어로 사용했던 말이다.

"1학년이 그려도 이보다는 잘 그리겠다."

고학년 아이한테 썼던 말이다. 그림이라기보다는 낙서에 가까운 도화지를 바라보며 그 당시에는 속이 터져 그렇게 말했지만 지금 생각하면 자존감을 깎아내리는 심한 독설이다. 교육대학교 현장 연수 때 '칭찬이 꾸중보다 효율적이다.' 란 용어를 귀에 딱지가 앉을 정도로 익혔는데도 이론 따로 현장교육 따로였다.

"오, 전보다 실력이 늘었다! 조금만 더 노력하면 더 잘 그릴 거야." 왜 이런 말을 해주지 못했을까? 거짓말이라도 이렇게 말했더라면 그 아이는 그림 그리기에 더 성의를 기울였을 거고 차츰 실력도 향상 되었을 것이다. 그런데 1학년과 비교 당하며 아주 무시하는 말을 들었으니 자존감은 점점 사라지고, 갈수록 그리기 실력은 엉망이 될 것이다. 특히 그런 비교하는 말이 반 아이들 앞에 공개적으로 이루어질 때는 더욱 치명적이다.

내가 책에서 읽은 어느 대학 교수님의 글에는 이런 이야기가 나온다. 학창 시절에 미술 선생님이 "너처럼 그림 못 그리는 학생은 본 적이 없다."라고 해서 자기는 으레 그림을 못 그리는 사람으로 인정해 버렸다는 것이다. 그후 그림과는 아예 담을 쌓고 살았다. 어른이 된 지금도 누가 '그림 동아리'에 들어오라고 하면 첫마디에 거절한다는 것이다. 미술 선생님한테 들은 그 한마디 때문에 감히 용기를 내지 못하는 것이다. 말에는 생명력이 있어 성공과 실패를 가르는 결정적인 힘이 있다고 하다.

또 기억나는 한 가지가 있다. 막내 여동생은 오래 전에 오빠가 자기한테 툭 던진 말 한마디를 지금도 기억하고 있다. 아마 중고등학교 시절에 들었던 것 같다. 길거리에서 요구르트를 파는 아줌마를 보며 "너도 열심히 공부를 안 하면 저런 장사를 해야 한다."고 말했다는 것이다. 요구르트 장사가 안 좋다는 말이 아니라 동생이 더 열심히 공부해서 전문직에 가면 고생을 덜하지 않을까 하는 염려에서 나온 말일 것이다. 그런데 여동생은 오빠의 이 한마디를 매우 심각하게 받아들였다고 지금도 회상한다. 다른 직업도 많았지만 열심히 공부를 안 하면 정말 요구르트 장사를 해야 하는 줄로 알았다는 것이다.

참 순진하기도 하다. 그날부터 동생은 더 열심히 공부했다는 것이다. 요구르트 장사를 안 하기 위하여! 원래 동생은 성실하며 노력파라 성적이 좋았는데 그후로 더 노력하여 성적을 올렸다. 지금 초등학교 교사인 동생은 그 당시 오빠가 했던 말 한마디가 진로를 결정하는 데 충분한 동기 부여가 되었다고 한다.

또 2년 전쯤 있었던 일이 떠오른다. 가족이 한자리에 앉아 허심탄회하게 이야기하는 시간을 가졌을 때다. 서울에 있는 딸아이가 집에 오면 집안 분위기는 항상 화기애애한데 그날도 그랬었다. 맛있는 닭다리를 뜯으며 이런저런 재미나는 이야기를 나누다 문득 '과거에 상처 받은 이야기'를 하게 되었다. 나는 두 아이를 키우며 기억날 만큼 상처 준 일이 없다고 생각했기에 안심하고 귀를 열고 있었다. 그런데 늘 밝던 딸아이의 얼굴에 갑자기 먹구름이 일더니 나한테 크게 상처 받은 이야기를 털어 놓아 나는 심장이 쿵 내려앉는 엄청난 충격을 받았다. 그 사실이 전혀 기억나지 않았기에 충격은 더 컸던 것 같다.

딸은 어려서부터 가고 싶었던 서울에 있는 대학에 떨어져 재수를 하게 되었다. 아무리 재수가 필수라고 여기는 요즘 세태지만 막상 내 아이가 당하니 괴롭고 불안한 일이었다. 1년 동안 고3 노릇을 또 해야 하는 아이가 안쓰럽고 불쌍했다. 재수를 한다고 해도 1년 후 성적이 잘 나와 원하는 대학에 갈지도 의문이라 참담했다. 그때 나는 아이한테 이런 말을 했다고 한다. 지금의 내가 전혀 기억할 수 없는 말을.

"우리 가문에 재수한 사람은 없다. 가문의 수치다."

나는 지금 기억에 없을 만큼 무심코 한 말이었지만 아이의 가슴에는 치명적인 상처로 뿌리 내렸던 것 같다. 대학에 떨어졌다는 죄인 아닌 죄인이 되어 하고픈 말도 못 하고 내 눈치만 봤을 걸 생각하니 정말 가슴이 아팠다. 이제는 부끄러워 얼굴도 들지 못하고 내가 아이의 눈치를 봐야 했다. 이런 내 마음을 눈치 챈 아이는 나를 힐끔 보았다. 아이를 차마 마주볼 수 없어 고개를 살포시 돌리는 나를 향해 오랫동안 깊은 가슴속에 갈무리 되었던 말을 꺼냈다. 가슴에 못으로 박혀있던 그 말은 목구멍을 넘어오며 촉촉이 젖은 울먹임으로 변했다.

성적도 늘 상위권이며 자기 관리가 철저한 아이에게 이 말은 날카로운 비수가 되었던 것이다. 어쩌면 컸던 기대만큼 실망이 큰 탓인지도 모른다. 수능을 치고 대학에 원서를 낸 후 아이는 자신만만하게 말했다.

"엄마, 걱정 마. 재수할 확률이 2%이니까."

나는 그 2%를 완전히 무시했다. 그런데 그 2%가 현실이 되자 기대치가 컸던 아이한테 그렇게 함부로 내뱉었나 보다. 그 뒤에 격려와 희망이 담긴 많은 말을 의도적으로 해 주었다. 그런데도 격려의 말은 사라지고 슬프게도 아이는 딱 그 한마디를 기억했다.

그 시간 후 나의 언어생활을 돌아다보며 깊은 참회의 시간을 가졌다. 딸한테 말했듯이 나의 기억에서는 삭제되었지만 지금까지 얼마나 많은 사람에게 상처 주는 말을 했을까?

'세상에서 가장 좋은 음료'를 마시는 일은 결코 쉽지 않다. 그러나 세 치 혀로 누구나 한 사람쯤은 일으켜 세울 수 있지 않을까. 한마디의 말의 힘을 생각하며 세 치 혀를 잘 길들이고 싶다.

사제동행 독서 시간

독서의 힘이 강조되며 학교마다 아침 자습 시간에 '아침 독서 시간'을 운영하였다. 보통 10분에서 20분 정도로 운영하기에 책을 읽기엔 짧은 시간이다. 나는 아이들과 같이 책을 읽을 때도 있지만 그날 처리해야 할 급한 업무가 있으면 컴퓨터 화면에 두 눈을 고정시키고 정신없이 작업을 한다. 대부분의 선생님들이 그랬다. 컴퓨터로 그날의 업무확인이나, 수업할 준비물 점검도 하며 나름대로 분주히 자신의 일을 한다. '사제동행 독서 시간'이라고 늘 강조했지만.

그러던 어느 날, 나는 아이들이 어떤 책을 읽는지 궁금해서 한 바퀴 빙 둘러보게 되었다. 이게 웬일인가? 독서삼매경에 빠진 아이들은 몇 명이 안 되었다. 문제집을 푸는 아이, 학원 숙제를 하는 아이, 연습장에 낙서를 하는 아이, 빈 책상에 엎드려 있는 아이 등 독서와 상관없이 자유롭게 활동하고 있는 아이들이 많았다. 실제로 진지하게 책을 읽는 아이는 몇 명이 안 되었다. 내 잘못이 큼을 크게 반성했다. 그런 현실을 확인한 순간에 나는 딱 한 가지를 결심했다. 아무리 급한 업무가 기다리고 있더라도 말 그대로 '사제동행 독서를 하자.' 는 결심이었다. 그 결심을 실천에 옮기기 위해 출근하며 집에서 읽던 책을 매일 한 권씩 들고 갔다. 그리고 아침 독서 시간에 책상에 앉아 아이들과 같이 읽었다. 아이들은 수시로 질문하기 위해 앞으로 나오는 바람에 독서의 재미를 깬다.

"선생님이 책을 읽을 동안에는 질문하러 나오지 마라."

나는 아이들에게 이렇게 부탁했다. 내 재미를 깨는 게 문제가 아니라 아이들도 독서삼매경을 느껴보라는 의미 있는 강조였다.

그 뒤로 나는 매일 '사제동행 독서 시간' 을 철저히 지켰다. 원래 책을 좋아하기에 정말 이 시간이 행복했다. 처음에 몇몇 아이들은 내 눈을 피해 문제집을 풀기도 하며 책 읽는 게 싫어 독서삼매경에 빠진 친구들을 구경하기도 했다. 나는 이런 아이들에게 한마디 충고를 했다.

"독서하기 싫으면 읽지 말고 책만 구경해라. 대신 다른 물건을 책상 위에 내놓으면 안 된다."

남이 독서하는데 방해하면 안 된다는 뜻이었다. 이런 내 의도는 뜻밖에도 엉뚱한 결과로 다가왔다. 순진하게도 내 말대로 독서는 않고 구경만 하는 아이들이 한둘이 아니었다. 책을 폈다 덮기를 반복하며 하품을 하기도 하고, 읽기 싫어 몸부림치는 모습이 가여울 정도였다. 그래도 모른 척하고 힐끔 돌아볼 뿐 꾸중 대신에 내 책읽기에 몰두했다. 내가 한 말대로 다른 사람에게 방해는 하지 않았기 때문이다. 그렇다고 내가 한 말을 금방 철회할 수 없어서 한마디 하려다 지켜보기로 했다. 그런데 시간이 지나자 놀랍게도 변화가 일어났다. 책을 구경만 하던 아이들이 드디어 책 내용에 빠지며 재미를 느끼기 시작한 것이다. 어쩌면 독서에 빠진 내 모습이 소리 없는 가르침이 되어 아이들로 하여금 독서환경 속으로 빨려들게 했는지도 모른다. 독서 분위기가 제자리를 잡으면서 아이들은 자신의 독서 수준을 진지하게 높여 갔다. 덕분에 나도 짧은 아침시간을 활용한 독서로 마음의 여유를 가지고 하루를 시작할 수 있었다.

교사나 학부모들은 항상 독서의 중요성을 강조하며 아이들에게 책을 읽으라고 잔소리하기 일쑤다. 그런 백 마디의 말보다 '사제동행 독서'가 더 효과적이라는 평소 내 생각이 확신으로 굳어졌다. 나는 바빠서 독서를 하지 못하거나 독서를 싫어한다고 솔직히 털어놓는 학부모에게 이렇게 말한다.

"아이들 앞에서는 독서를 하는 척하세요. 안 읽어도 수시로 손에 책을 들고 있으면 됩니다. 그러면 아이들은 어머니가 책을 좋아하는 줄로 착각하고 독서 분위기에 빠지니까요."

나는 이렇게 독서 분위기를 강조한다. 책을 멍하니 바라보고만 있으면 글자가 보이기 마련이다. 보이면 빠지기 마련이다. 그러면 그 학부모도 우리 아이들처럼 머지않아 책 읽는 재미에 빠질 것이라는 소망을 갖는다.

무한리필

언젠가부터 일상생활에서 '무한리필' 이란 말이 많이 통용되기 시작했다. 내가 처음으로 무한리필을 경험한 건 피자집에서 콜라를 먹을 때였다. 피자 한 판을 주문하면 콜라는 계속 먹을 수 있는 무한리필이라고 했다. 그때는 이렇게 해도 주인은 수지가 맞는지 약간 우려하기도 했다. 그런데 그건 기우였다. 콜라 컵이 어찌나 크던지 처음 주는 한 컵도 다 마실 수가 없었다. 그러니 콜라 무한리필은 나에게 아무 이득도 없었다. 물론 콜라를 좋아하고 음료를 많이 마시는 사람은 본전을 뽑을 수 있겠지만. 결국 콜라는 낚싯밥이란 생각을 했다. '이 넓은 세상 어딜 가도 낚싯밥은 존재 한다.' 라는 글귀가 떠올랐다.

얼마 전 길을 가다보니 돼지고기를 파는 식당 앞에도 '무한리필' 이라고 큼직한 글자로 안내를 해놓았다. 비교적 싼 음료수도 아닌 비싼 고기도 무한리필을 하는구나 생각하며 나는 그 집이 수지가 안 맞아 오래 버티지 못하고 망할까 봐 또 걱정을 했다. 물론 평소 고기를 좋아하지 않는 소식가인 나 같은 고객만 있다면 망할 리가 없을 것이다. 나는 어떤 맛있는 음식이라도 기분 좋게 적당히 배가 부르면 절대 안 먹는다. 배가 부른데도 한 점 더 먹어 용량을 초과한 포만감 때문에 애먹은 경험이 여러 번 있었기 때문이다. 역시 그 고깃집에 가더라도 나에게 무한리필은 의미가 없다.

무한리필이란 말을 인터넷에서 검색하면 그 앞에 여러 종류의 먹거리와 붙어있다. 삼겹살, 소고기, 장어, 대게 무한리필 등 많기도 하다. 모두가 무한으로 제공된다고 홍보하고 있다.

그럼 '무한리필' 은 음식점 같은 곳에서만 통용되는 말일까? 아니다. 자녀를 결혼시킨 지인들한테 나는 이 말을 많이 듣는다. 그들이 경험자이기 때문에 나는 귀를 쫑긋 세우고 듣곤 한다. 나에게도 결혼시킬 자녀가 둘씩이나 있기 때문이다. 물론 자녀가 어릴 때부터 결혼 전까지야 형편에 따라 때론 부담을 갖더라도 부모가 자녀에게 도움을 줄 수밖에 없다. 이 세상 대부분의 부모가 자녀에게 무한리필하고 있다고 해도 틀린 말이 아닐 것이다. 그런데 문제는 이 무한리필이 결혼 후에도 계속 이어져 부모들이 심적으로 큰 부담을 느낀다는 것이다.

아줌마들은 둘 이상 모이면 수다 떨기를 엄청 즐겨하는데 자주 등장하는 수다 주제 중의 하나가 바로 자녀 뒷바라지 이야기다. 결혼시키면 끝인 줄 알았는데 직장 다닌다고 아기를 봐 달라고 한다. 그 아기가 백일이나 돌이 되면 축하금을 주기 시작해서 대학 입학할 때까지 간단다. 손주 용돈도 챙겨줘야 하고 자녀가 살다 경제적으로 큰 위기를 당하면 노후 대책을 위해 평소엔 잔고만 확인하고 한 푼 찾아 써보지도 못한 재산 1호 통장까지 헐어서 보태준다. 어디 그뿐인가. 항상 팔다리, 어깨, 허리가 쑤신다고 한의원으로 정형외과로 물리치료를 다니면서도 마트에 진열된 김치를 못 미더워해 손수 김장을 해서 멀리 사는 자식한테 택배로 보내준다. 또 자식이 호출하면 언제라도 달려가 집안의 온갖 잡일을 기꺼이 한다. 이외에도 수없이 많은 예가 있다. 나는 이런 이야기를 듣다 말고 이렇게 말한 적이 있다.

"결혼하면 홀로서기 하도록 내버려두지, 계속 도와주는 부모도 문제가 있지 않습니까?"

이 말을 했다가 나는 바로 공격을 당했다. 당신도 당해보면 어쩔 수 없다는 식의 말이 화살이 되어 나를 향했다. 동시에 집단으로 쏘아대는 화살을 피해 나는 구석으로 몰릴 수밖에 없었다. 나는 경험해 보지도 않고 쉽게 말한 걸 뒤늦게 후회했다. 하긴 자식 사랑만큼은 세계에서 둘째가라면 서운해 할 우리나라 부모들이 아닌가.

우리 동네에서 종종 만나는 폐지를 줍는 등 굽은 할머니, 콩나물과 야채 몇 줌을 놓고 파는 내 단골 난전의 할머니도 번 돈으로 손주 용돈을 주는 재미가 쏠쏠하다는 것이다. 씁쓸한 이야기지만 용돈을 줘야 할머니를 좋아한다는 것이다. 자식에서 손주까지 대를 이어 무한리필이다. 6남매를 키우고 허리를 좀 펼 시기에 직장 다니는 바쁜 딸들의 살림살이며, 손주를 돌보느라 친정어머니는 늘 무한리필을 제공했다.

먹거리 무한리필은 낚싯밥이지만, 어머니의 무한리필은 조건이 없는 운명이다. 모성애라는 운명의 틀에서 자식에 대한 무한 리필은 어쩌면 지금도 진행형일 수 있다.

들킨 도둑 안 들킨 도둑

최근 생계형 범죄자가 늘고 있다고 한다. 얼마 전에는 김치 한 봉지를 훔친 70대 노인이 절도죄로 붙잡혔다. 보는 이들의 가슴을 먹먹하게 하는 안타까운 사연이다. 경찰 조사에 따르면 노인은 배가 고파 훔쳤다고 진술했다. 그의 생활비는 한 달에 20만 원씩 지급되는 노인 기초 연금이 전부였고, 세 들어 사는 방값을 빼고 남은 5만 원으로 식비를 해결해야 했다. 피해자인 상인은 그가 과거에 넉넉하게 살 때는 시장 상인들에게 베풀 줄 아는 인정 있는 사람으로 기억하며 그의 처벌을 원치 않는다고 했다. 당연 선처를 바라지만 이와 비슷한 생계형 범죄가 계속 는다면 우리 사회는 지금보다 불신이 더 커져 암울하게 될 것이다. 그러기 전에 우리는 가까운 이웃을 한 번 더 살펴야 한다.

그 노인의 생계형 절도를 두고 나와는 상관없는 일이라고 생각한다면 이 사회 구성원으로서 함께 살아갈 자격이 없는 것이다. 그렇다고 노인의 행위를 두둔하는 것은 절대 아니다. 죄를 지은 것은 분명 잘못이지만 죄를 짓지 않도록 최대한 도와야 한다는 것이다. 소외된 한 사람 한 사람을 떠안는 사랑의 가슴이 절실히 필요하다. 누군가 단 한 사람이라도 그 노인의 형편을 알고 주린 배를 채워 주었다면 그렇게 이른 새벽에 김치 한 봉지를 훔치러 거리로 나서지는 않았을 것이다. 다행히 이 소식이 전해지며 온정의 손길이 줄을 잇고 또 주민 센터로부터 긴급 복지 지원금도 받을 수 있게 됐나 보다. 사후 약방문 같아 씁쓸하다.

몇 년 전 주택에 살 때 우리 집에서도 김치를 도둑맞았다. 친정어머니가 물김치를 한 통 담아 맛있게 삭히려고 마당에 두었다. 그런데 다음날 아침에 보니 없어졌다. 이른 아침 아버지는 일어나시면 대문을 열어두는데 누가 가져갔나 보다. 아버지는 맛있는 물김치를 못 먹게 되어 아주 아쉬워하셨고 평소 너그러운 어머니는 허허 웃으시며 "누가 가져가 맛있게 먹으면 되지 우짜겠노."라고 하셨다. 물김치 도둑이라 그 당시 나는 도저히 이 상황을 이해할 수가 없었다. 생계형 범죄였는지 아니면 견물생심이라고 마당의 김치통을 보자 갑자기 가져가고 싶은 욕심이 생겼는지는 모를 일이다. 아마 그 사람은 물김치 한 통을 다 먹을 때까지 속이 안 편했지 싶다. 배추 여덟 포기, 5만 원 정도 되는 김치 한 봉지를 훔치다 절도죄를 범한 노인도 그 김치를 찢어먹으며 회한의 눈물을 흘리지 않았을까. 한 달에 한 번 교도소를 방문하다 보면 인간의 죄에 대해서 많은 생각을 하게 된다. 주민등록증을 교도관에게 제출하고 교도소 마당으로 들어서면 나의 크고 작은 죄들이 하나하나 고개를 든다. 내가 기억하지 못하는 죄들도 많을 것이고 또 죄임이 분명한데 내가 죄로 인식하지 못한 것들도 많을 것이다. 자연적 고개가 숙어지고 재소자들을 나와 똑같이 바라볼 수밖에 없다. 교도소 방문 경험이 없다면 나는 일부러 시간을 내 방문을 해보라고 적극 권한다. 분명 당신도 나처럼 참회의 시간을 가질 수 있을 거라 확신한다. 갇힌 재소자들에게 절대 돌을 던질 수 없는 값진 경험을 할 것이다.

어제는 교도소 방문 날이었다. 함께 예배를 드리는 재소자들이 열서너 명이 되는데 죄명은 알 수가 없다. 그 중에는 김치 한 봉지를 훔친 노인처럼 절도죄도 있을 것이다. 어제는 내 눈에 80세쯤 되어 보이는 할아버지 재소자가 자원해서 특송을 했는데, 부르기 전에 얼마나 흑흑 거리며 슬피 우는지 갑자기 분위기가 숙연해졌다. 할아버지는 거의 통곡 수준으로 울어 온 얼굴이 시뻘겋게 되었다. 그분을 보자 나도 샘솟듯 터져 나오는 눈물을 주체할 수 없어 곤란할 지경이었다. 어르신이 선택한 찬송가 가사가 그를 더 울렸을 것이다. 가사는 이렇다.

멀리 멀리 갔더니 처량하고 곤하며
슬프고 또 외로워 정처 없이 다니니
예수예수 내 주여 지금 내게 오셔서
떠나가지 마시고 길이 함께 하소서

지금 가사를 읽어 보아도 눈물이 나오려 한다. 보통 사람에게도 삶이 고단한데 인생을 마무리할 나이에 교도소에 들어와 자신을 돌아보니 얼마나 삶이 처량하고 곤하게 느껴질까. 죄는 미워해도 사람은 미워하지 말라고 했던가? 재소자들이 전혀 밉지 않다. 다만 한순간의 실수로 갇힌 자가 되어 긴 시간을 보내는 걸 보면 안쓰럽다. 누군가의 말대로 그들이 들킨 도둑이면 담장 밖의 우리들은 안 들킨 도둑에 불과하다.

얼마 전이었다. 한 정객이 텔레비전에 나와 남의 죄를 크게 꾸짖으며 정의롭게 살 것을 호소했다. 그런 지 며칠 안 되어 그 정객은 범인이 되어 검찰 앞에 섰다. 정말 아이러니한 현실이다. 이 세상에서 털어 먼지 안 나는 사람은 없다. 그래서 사람들이 간음한 여인을 끌고 왔을 때 예수님도 죄 없는 자가 먼저 돌로 이 여자를 치라고 했던 것 같다. 그런데 권력이 있는 자의 죄는 잘 들키지 않고 힘 없는 자의 죄는 쉽게 드러나기 마련이다. 아마 교도소에 있는 분들 대부분도 그럴 것이다. 그 안에 있는 동안 그들의 시간이 멈춰 있는 것이 아니라 영혼이 한층 성숙해지는 좋은 기회가 되길 간절히 바란다. 그래서 출소 후의 삶이 전보다 한 단계 높아진다면, 담장 안에서의 시간이 자신을 성숙시키는 축복의 시간이라고 말하면 너무 비약된 것일까. 고난으로 변장한 축복의 시간 말이다.

존 맥스웰의 『사람은 무엇으로 성장하는가?』에 보면 이런 내용이 나온다. 알렉산드로 솔제니친은 소련 치하에서 스탈린을 비판해 8년간 감옥 생활을 했다. 무신론자인 그가 감옥 안에서 신앙인이 되어 신앙을 키우고 성품을 갈고 닦을 기회를 얻은 것에 감사했다고 한다. 그래서 그는 옥살이를 억울해하지 않았다고 한다. 그가 그 당시를 회상하며 한 말은 울림이 크며 그가 위대한 영혼의 소유자임을 알 수 있다.

"감옥아, 내 너를 축복하노라. 내 삶에 네가 있었음을 축복하노라. 감방의 썩어가는 밀짚 위에 누워 깨달았느니 인생의 목적은 번영이 아니라 영혼의 성숙에 있음이라."

이 말을 곱씹어 보면 많은 것을 느끼게 된다. 영혼이 성숙하려면 반드시 고난의 긴 시간이 필요하다. 삶에서 고난이 오면 '아, 내 영혼이 전보다 한 단계 더 성숙해지겠구나.' 라고 기꺼이 받아들이는 태도를 길러야 할 것이다.

누군가를 사랑하는 일

　　　　　　　　　　삶에 지친 사람들에게는 멈춤
과 쉼이 필요하다. 일을 멈추고 누군가를 사랑하는 일은 곧 에
너지 충전으로 이어질 수 있다. 그 충전의 대상은 연인이 될
수도 있고, 애완동물이나 꽃이 될 수도 있다.

　얼마 전 나는 아파트 출입문으로 들어서다 멈칫했다. 출입
문에 A4 크기의 하얀 종이가 한 장 붙어있었기 때문이다. 제
목은 '고양이를 찾습니다' 인데 사례금을 30만 원이나 준다는
것이다. 두 장의 사진 아래에 사람을 잘 따르고 몸집이 큰 열
한 살 암고양이라고 적혀 있었다. 사진 한 장은 정면을 응시하
는 모습이고, 다른 하나는 침대에 옆으로 길게 드러누운 모습
이었다. 예전 같으면 나는 이런 안내문을 보며 '그까짓 고양

이 한 마리가 뭐 대단해서 사례금까지 내거나.' 라고 생각하며 피식 웃었다. 그런데 내 주위에 애완견을 키우는 사람들로부터 많은 이야기를 들은 후 애완동물이 그 가족의 일부임을 깨달았다. 사랑으로 돌보며 대화하며 한 보금자리에서 먹고 사는 가족이었다.

가족 중의 하나가 이 추운 겨울에 실종됐으니 지금 주인은 상실감에 얼마나 괴로워할까 마음이 아팠다. 할 일 없고 산책을 좋아하는 내가 일부러 동네를 돌아다니며 찾아주고 싶다는 마음까지 들었다. 돈 때문이 아니라 가슴 아파할 주인을 돕기 위해서이다. 그러나 부끄럽게도 나는 어른이 된 지금도 개와 고양이를 무서워한다. 과거에 무서웠던 경험이 있는 것도 아닌데 가까이 다가오면 흠칫 놀라며 내 쪽에서 먼저 피하여 주인한테 미안해 할 때가 많다. 이러니 어떻게 실종 고양이를 찾아줄 수 있을까? 또 하나 내 눈에는 고양이든 강아지든 비슷비슷하게 생긴 게 많아 구별이 잘 안 된다. 우리가 외국 사람을 보면 비슷하게 생겨 잘 구별을 못하는 이치와 같다고 할 수 있다. 암튼 이런 이유로 나는 '고양이 찾아 주기'를 빨리 포기하고 맘속으로 간절히 기도해 주었다. '빨리 주인의 품으로 돌아갈, 자기 것이 아닌 걸 제발 데리고 가지 않길.'

내 단골 미장원 아주머니는 강아지를 키운다. 아주머니는 강아지를 무척 싫어했는데 하나뿐인 아들이 심심하다고 하도 졸라서 샀단다. 그런데 지금은 아주머니가 아들보다 강아지를 더 예뻐해 아들이 강아지 산 걸 후회한다고 한다. 아들은 엄마 아빠한테 독차지하던 사랑을 강아지한테 빼앗겨 좀 억울하다는 것이다. 참 아이러니한 일이다. 한번은 내가 "미장원 일을 하면서 강아지 뒤치다꺼리를 하는 게 힘들지 않느냐?"고 물었더니 뜻밖의 대답이 돌아왔다. 힘은 들지만 강아지로부터 얻는 기쁨이 훨씬 크다고 했다. 그제야 나는 이해할 수 있었다.

얼마 전 내가 병원에 입원했을 때 옆 침대의 아주머니는 강아지를 키운다고 했는데, 매일 스마트폰으로 강아지 사진을 보며 행복하게 웃었다. 이름은 '밀레'였다. 밀레는 워낙 유명한 화가 이름이라 나는 아직도 그 강아지 이름을 잊을 수가 없다. 밀레는 그 아주머니의 애완견이며 애인이었다. 밀레로부터 얻는 사랑이 행복의 원천이었다. 수술 후에 극심한 고통이 있을 때도 밀레 이야기를 할 때면 얼굴이 밝았다. 나는 입원 기간 동안 아주머니가 밀레를 못 봐서 어쩌나 걱정했다. 알고 보니 병원 근처 공원에서 하루 한 번씩 만나고 온다는 것이었다. 강아지를 병원에 데리고 올 수 없으니 남편이 차에 태워 인근 공원에 오면 아주머니가 휠체어를 타고 가서 잠시 만나고 온다고 했다. 밀레도 아주머니를 보면 좋아서 못산다고 했다. 황혼에 찾아온 사랑! 그 사랑은 배신도 하지 않는다. 나는 밀레가 건강해서 아주머니 곁에 오래 머물기를 바랐다.

내가 아는 후배는 오래 키우던 강아지를 교통사고로 잃었다. 개를 화장하는 곳이 대구에 없어서 부산까지 가서 장례 절차에 따라 화장한 후 분골을 와룡산 자락 어딘가에 묻었다고 한다. 근데 놀라운 사실은 남편이 강아지를 못 잊어 그 장소에 자주 간다는 것이다. 처음에 강아지 키우는 걸 반대하던 남편이 그토록 못 잊어하다니. 내 주변에 강아지를 키우는 사람들은 신기하게도 처음엔 강아지를 싫어했는데 어쩌다 본의 아니게 키우게 되었고, 지금은 모두 깊은 사랑에 빠져있다. 그래서 나는 키우지 않아도 이제는 안다. 나도 키우면 저렇게 빠질 수밖에 없음을.

나에게는 애완동물만큼 지극정성으로 돌보는 게 있다. 바로 꽃이다. 아침에 눈 떴을 때나 외출에서 돌아오면 제일 먼저 창가로 눈길이 간다. 목이 마를세라 물을 주고, 문을 열어 환기를 시키고, 병이 들었는지 줄기와 잎은 물론 꽃잎 하나하나까지 살핀다. 꽃나무와 마주하며 수시로 말을 걸고 칭찬해준다.

"안녕?"

"아이 예쁘다."

"오래 건강하게 잘 자라라."

꽃들에게 할 말이 너무너무 많다. 꽃들도 본능적 생명력으로 굳이 말을 안 할 때도 자기들을 진심으로 사랑하고 있음을 안다고 한다. 우리 집을 방문하는 사람들은 나보고 꽃을 참 잘 키운다고 하는데 사실은 나는 꽃 가꾸기에 대한 지식이 없다. 다만 진심으로 사랑하고 정성으로 가꿀 뿐이다. 어쩌면 애완동물 키울 때보다 꽃을 가꿀 때 더 깊은 관심으로 대해야 한다고 여겨진다. 왜냐하면 동물은 표정과 행동으로 자신의 의사를 밝히지만 꽃들은 그렇지 못하기 때문이다. 그러니 꽃들과 마음을 열고 마음으로 꾸준히 대화를 시도해야 한다. 내 마음이 꽃에 닿으면 꽃도 내 마음으로 다가온다. 마음의 귀를 열고 사랑으로 꽃나무 표정을 살피면 식물들의 소리 없는 외침이 메아리로 전해온다.

"목이 말라요."

"배가 고파요."

"삶에 지쳐 쉼이 필요하니 아름다운 멜로디를 들려주세요."

이런 소리를 감지하고 오늘도 나는 식물들이 좋아한다는 바흐의 오르간 음악을 찾아 들려줘야겠다.

누군가를 사랑하는 일은 행복한 일이다. 내가 행복하듯 우리 집의 꽃들도 행복할 것이다.

166

기쁨 기부자

우리 식구들은 그 아저씨를 두고 '양심가' 라 불렀다. 생각만으로도 기분 좋은 사람이다. 오늘 양심가 아저씨가 우리 집에 왔다. 전등이 고장나 친정아버지는 혼자 이리저리해보다가 안 되겠던지 그 양심가 아저씨를 불렀다. 손재주가 만능인 그 아저씨는 가전제품, 수도관, 전기선 등 뭐든 고쳐내는 맥가이버 같은 분이다. 시장 입구에 위치한 아저씨의 일터를 지나다 아저씨와 눈이라도 마주치면 나는 반갑게 인사하고 싶어진다. 언제 마주쳐도 진심어린 눈빛으로 살짝 미소를 지으며 가볍게 목례로 화답하는 아저씨는 인정 많고 자상하게 보인다. 대기업 AS기사보다 일거리가 많은지 아저씨를 집으로 부르기가 쉽지 않다.

아저씨는 한참 만에 전등의 고장 원인을 찾았다. 전등으로 연결된 선줄이 끊겼는지 그 선줄을 연결하고 전구를 새로 갈아 끼워야 한단다. 문제는 그 전등이 건물 밖 천장 쪽에 붙어 있어 작업하기가 아주 위험한 것이다. 하는 수 없이 2층으로 향하는 가파른 계단에 사다리를 놓고 남편이 사다리를 잡았다. 친정아버지는 창턱에 불안하게 서서 긴장된 자세로 작업하는 아저씨의 허리를 잡았다. 팽팽한 긴장감이 감돌았다. 이 장면을 마당에서 지켜보는 나는 기도가 저절로 나왔다. '하나님, 제발 무사하기를.'

한참 만에 전구에 불이 들어오고 일이 마무리되었다. 난간에 전등 하나를 달기 위해 목숨을 거는 어리석은 사람이 어디 있을까 싶었다. 남편이 붙잡고 있는 계단 위의 사다리가 기우뚱하거나 아니면 아저씨의 허리를 잡은 아버지가 손을 놓는다면 아저씨는 그대로 콘크리트 마당으로 추락할 수밖에 없다. 그런 상황이 오면 즉사하거나 살아도 중증장애인이 될 게 뻔하다. 상상만으로 머리카락이 쭈뼛 섰다. 누가 봐도 아찔한 장면이었다. 그런 위험을 안고도 두말하지 않고 작업에 들어간 아저씨의 고마움을 돈으로 환산할 수 없었다. 그래서 수고비로 얼마나 드릴지 몰라 물었더니 달랑 재료비 만 원이란다. 누굴 불러도 목숨을 건 작업에 최소한 삼만 원의 비용은 든다고 여겼다. 대체 아저씨는 어떤 생각으로 더 얹어주는 돈도 거절하고 남보다 턱없이 적은 비용을 받는 걸까? 이번만이 아니라 번번이 그랬다.

아저씨가 돌아간 후 남편에게 물었다.

"당신은 오늘처럼 위험한 상황이면 일하겠어?"

"당연히 못 하지. 바보가 아니라면 전등 하나 달려고 안전장치도 없는 그런 위험한 짓을 누가 해."

맞는 말이다. 손재주가 좋아 온갖 고장 난 물건은 고쳐도 높은 사다리와 창턱에 불안정한 자세로 두 다리를 의지한 채 일한 것은 이번이 처음일 것 같았다. 그렇게 위험 부담을 안고 일했으면 수고비를 많이 요구하는 것은 당연지사인데 그 사람은 달랐다.

우리가 감사하다고 인사했을 때 아저씨는 웃으며 한마디 했다.

"아저씨가 도와줘서 잘할 수 있었지요."

아저씨는 자기의 공을 기껏 사다리를 잡아준 남편에게로 돌렸다. 우리한테만 그런 게 아니라 다른 사람에게도 그렇게 한단다. 그런 아저씨를 생각하다 문득 한 낱말이 떠올랐다. 재능기부! 요즘 많이 통용되는 말로 훈훈함이 배어나는 낱말이다. 아저씨는 이 집 저 집을 방문하며 재능기부를 하는 것일까?

100% 기부를 하면 받는 사람이 부담 될까 봐 최소한의 경비만 받는 이 시대의 진정한 재능기부자라고 여겨졌다. 언젠가 아저씨를 만나면 은근슬쩍 물어보고 싶어졌다. 내 생각이 맞다면 아저씨의 재능기부는 그 이상의 특별한 의미가 있는 것 같다. 어쩌면 하늘이 내려준 손재주에 타고난 양심으로 감사와 은혜로운 세상을 엮는 기쁨기부자? 그래서 가진 것은 좀 적은 것처럼 보이나 실제로는 넉넉한 마음에 모자람이 없어 늘 웃는 것 같다. 지나친 양심가라 번번이 손해를 보는 것 같은데 뭐가 좋은지 아저씨는 늘 웃는다. 어쩌면 하늘이 내린 '기쁨기부자' 라서 오늘도 웃음으로 제자리를 지키고 있는지도 모른다.

거짓말탐지기

범죄 수사에 사용되는 '거짓말탐지기'라는 것이 있다. 상주 농약사건 때 피의자로 몰린 박 할머니도 이 기계 앞에 섰다. 나는 뉴스를 보며 팔순이 넘은 시골 할머니가 거짓을 밝혀낸다는 이 기계 앞에만 서도 가슴이 벌렁거려 정확하지 않은 반응이 나오면 어쩌나 싶었다. 그런데 아니었다. 그 당시 뉴스에서는 피의자 박 할머니는 두 차례 거짓말탐지기 조사에 응했지만 할머니의 생리 신호가 진술 진위 여부를 판정할 수 있을 만큼 뚜렷하게 나타나지 않았다고 보도되었다. 원래 할머니가 대범한 성품이라 기계 앞에서도 초연했던 것인지 아니면 죄가 없어서 뚜렷한 반응이 나타나지 않았는지 알 수가 없었다. 결국 이 사건은 국민참여재

판으로 갔고 할머니는 유죄로 무기징역을 선고받았다. 시골 마을의 평화가 하루아침에 산산조각이 났다.

할머니는 어쩌다 이 지경까지 되었을까? 사건이 발생한 처음부터 할머니는 혐의를 완강히 부인했다. 그러다 두 차례 거짓말탐지기 앞에까지 서게 되었다. 이 사건을 지켜보며 과학이 더 발달해서 최첨단의 거짓말탐지기가 개발되면 좋겠다는 생각을 해보았다. 양심을 판독할 수 있는 고성능 정밀기계 속에 몸을 집어넣으면 "당신은 피의자입니다." 또는 "당신은 피의자가 아닙니다."라고 분명하게 결론 내어주면 얼마나 좋을까.

거짓말탐지기를 떠올리면 늘 생각나는 일이 있다. 초등학교 교사들은 아이들 앞에서 선의의 거짓말을 종종 한다. 학급에서 돈이나 귀중품 등의 도난 사건이 날 때 교사는 수사관이 된다. 범인을 잡기 위해 일단은 이런저런 훈화를 하며 아이들의 양심에 호소해 본다. 아무도 몰래 선생님한테 와서 진실을 고백하면 죽는 날까지 비밀을 지켜 주겠다고 선언한다. 몇 번을 강조해도 범인이 나타나지 않으면 다른 수법을 쓴다. 그게 바로 아이들이 제일 무서워하는 거짓말탐지기다. 학교에 거짓말탐지기가 있을 리 없다. 그건 다름 아닌 과학 시간 '빛' 단원에서 사용하는 어둠상자이다. 어둠상자는 말 그대로 빛이

들어오지 않게 만든 어두운 상자로 안은 캄캄하다. 우리가 어떤 과정을 통하여 물체를 보게 되는지 알아보는 실험 기구라 할 수 있다. 이 어둠상자를 거짓말탐지기라 부르며 교사들은 교묘하게 이용했다. "거짓말을 안 한 사람이 어둠상자 속에 손을 넣으면 아무 변화가 없다. 그런데 거짓말을 한 사람은 손을 넣자마자 시커멓게 탄다."라고 선의의 공갈을 친다. 나도 써먹은 수법인데 과학실에 가서 한 번도 어둠상자를 가져온 적은 없었다. 왜냐하면 아이들을 과학실에 보내기 전에 범인이 자수를 했다. 진범이 어둠상자에 손을 집어넣으면 손이 새카맣게 탄다고 믿었기 때문이다. 이 방법도 3학년 이하의 아이들에게나 통하지 4학년만 되어도 선생이 거짓말을 하고 있는 걸 훤히 안다.

한 번은 옆 반에서 휴대폰 분실 사고가 났다. 그것도 책상 위에 둔 교사의 휴대폰이 없어진 것이다. 간도 크지, 참 기가 막혔다. 그 당시는 휴대폰이 요즘처럼 흔하지 않아 아이들은 거의 갖고 다니지 않았다. 선배 교사는 실망스러웠지만 반 아이의 소행으로 여겼다. 그날따라 다른 학급의 아이들이 자기 교실에 온 적이 없었기 때문이다. 온갖 방법을 써 보았지만 범인은 나타나지 않았다. 그때 선배가 극약처방을 내렸다. "오늘 퇴근 시간까지 휴대폰을 선생님 책상 서랍에 넣어놓으면 모든 걸 용서해 주겠다. 그런데 오늘 갖다놓지 않으면 내일은 거짓말탐지기를 쓰겠다. 어느 한 사람이 손이 타서 장애가 되는 것은 슬픈 일이지만 그대로 두면 큰 도둑이 되니까 어쩔 수가 없다." 뭐 이런 요지다. 아이들을 하교시키고 선배가 교무실에 갔다 온 사이 책상 서랍 속에는 휴대폰이 있었다. 선배는 가져간 아이가 휴대폰을 갖다놓도록 일부러 교무실로 피해 준 것이었다. 어쩜 그 선배는 처음부터 범인을 알고 있었는지 모른다. 휴대폰을 가져간 아이를 몰래 불러 "나는 네가 가져간 걸 다 알고 있어."라고 말했다 치자. 그러면 다음날부터 그 아이가 학교에 다닐 수 있을까. 워낙 사려가 깊어 충분히 그럴 수 있는 분이었다.

박 할머니도 어린아이 같은 마음이었다면 거짓말탐지기 앞에 서기 전에 양심선언을 하지 않았을까.

경청

작년 여름 호스피스 자원봉사
자 양성 교육을 받았는데 그 프로그램 안에 '의사소통기법'이
라는 주제로 모 교수님의 강의가 있었다. 그 교수님은 지금 생
각해도 웃음이 나올 정도로 우리들에게 아주 유쾌함을 선물
했다. 들어오자마자 우리들에게 인사를 하며 자기소개를 했
는데, 우리들이 가만히 듣고만 있자 무조건 반응하라고 했다.
재미난 것은 구체적인 반응 방법까지 설명했고 우리를 보고
그대로 따라 하라고 해서 키득키득 웃어가며 따라했다. "음,
아하, 그렇구나." 등으로 말하며 또 고개도 끄덕이라는 것이
었다. 눈 맞춤이야 말할 것도 없고. 경청은 상대에 대한 존중
의 표시이기에 신체적으로 반응하라는 것이었다. 그러면서

자기 이야기에 계속 반응하지 않으면 강의를 안 하겠다고 해서 우리들은 그가 가르쳐준 방법을 열심히 실천했다. 경상도 사투리로 감칠맛을 더한 재미있는 강의에 우리는 시도 때도 없이 웃음을 터뜨리며 경청했었다.

그땐 경청이 그렇게 쉬웠는데 살면서 노력해도 참 안 되는 것 중의 하나가 경청이라는 생각을 한다. 따지고 보면 상대방의 말을 귀 기울여 듣는데 돈이 드는 것도 아니고 큰 에너지가 필요한 것도 아닌데 지나고 나면 실패를 자인한다. 경청은 인간관계에서 매우 소중하다. 상대방의 말에 귀를 기울인다는 것은 존중의 표시다. 상대를 무시하는 마음을 가진 사람이 어찌 인내하며 남의 말을 끝까지 듣겠는가?

언젠가 자기 계발에 관한 책을 읽었는데 그 글 속에 경청에 대한 이야기가 언급되어 있어 마음이 끌렸다. 비법이라도 있으면 배워 실천하고 싶었기 때문이다. 대부분의 사람들은 남이 말할 때 집중하여 듣기보다는 자기가 할 말을 생각한다는 것이다. 공감이 갔다. 그래서 상대의 말이 끝나기도 전에 자르고 끼어들기를 한다는 것이다. 인간은 자기중심적임을 보여주는 예이기도 하다.

"당신이 어떤 말을 하든 내게는 별로 대단하지 않고 흥미가 없어요. 왜냐하면 내 이야깃거리가 더 훌륭하거든요. 그러니 내 이야기에 관심 갖고 들어보세요. 당신 이야기는 그만해요."

끼어들기를 잘하는 사람의 마음 상태를 이런 식으로 해석함은 억지일까?

성경에도 경청에 대한 언급이 있다.

"사람마다 듣기는 속히 하고 말하기는 더디 하며…"

성경이 만들어진 그 당시의 사람들도 남의 말에 참 경청을 안 했나 보다. 얼마나 말하기를 좋아하고 상대방의 말을 경청 안 했으면 이렇게 성경에 기록됐을까? 어쩌면 인간관계에서 경청이 중요하다는 강한 메시지가 아닐까?

딸아이는 경청을 아주 잘 한다. 딸아이와 대화하면 눈짓, 미소, 고개 끄덕이기 등으로 반응하며 아주 경청해주어 나는 끝까지 편안한 마음으로 할 말을 다 한다. 그러다 보면 나도 모르게 세파에 찌든 피로까지 확 씻기어 기분이 업 된다. 딸이 잠시 경청해주었을 뿐인데 그게 나에게 새로운 에너지가 되고, 내 자존감을 높여준다. 이런 딸아이의 좋은 듣기 습관 때문에 모녀간에 공감대가 돈독해 아이와 장시간 대화해도 항상 즐겁다.

나는 남편과 살아가면서 잡다한 말을 서로 경청해주는 편이지만 더러는 자기 말하기에 더 무게가 실릴 때가 있다. 남편이 그럴 때면 인격적으로 무시당하는 느낌이 들면서 잠자던 자존심이 고개를 들고 일어난다.

'그래. 당신 잘났어. 잘난 사람이니까 앞으로는 꼭 할 말만 하겠어.'

이런 생각이 들지만 나는 이내 고개를 젓는다. 나도 대화 중에 남편이 말할 때 딴전 피운 적이 허다했기 때문이다. 어떤 때는 내가 말하는 걸 확인하기 위해 '내가 방금 뭐라고 했지?' 라고 묻는다. 그러면 남편의 경청 밀도와 기분 상태에 따라 대답은 달라진다. 자연스럽게 말해주기도 하지만, 엉뚱한 소리나, 빤히 보며 아예 침묵으로 일관한다. 그래서 나름대로 '남편이 안 들을 때는 입 아프게 계속 이야기를 할 필요가 없다.' 라는 결론을 내렸다. '그리움으로 가끔 만나는 반가운 친구도 아닌데 시시때때로 하는 내 말을 경청하는 일이 얼마나 힘들까? 조금만 내 말을 들어주어도 감사히 여기자.'

이런 마음을 먹긴 먹었는데 오래 갈지 모르겠다.

어젯밤이었다. 요즘 남편이 나보다 책을 더 즐겨 읽어 잠들기 전 누워서 그날 각자 읽은 책에 대한 이야기를 나눈다. 그런데 남편이 "오늘은 니가 말해라. 나는 듣기만 할게." 하고 말했다. 이유를 물으니 '그냥' 이라 했다. 그래서 나는 오늘 읽은 책에 대해서 이야기를 시작했다. '어떻게 중요한 부분을 잘 전달할까'를 고민하면서.

그런데 이야기를 시작하고 얼마 안 있어 남편이 중간에 '끼어들기'를 한 것이다. 운동선수였던 남편은 운전할 때도 순발력이 좋아 스릴 있지만 테크닉으로 안전성 있게 끼어들기를 잘한다. 운전할 때처럼 오늘도 남편은 방향지시등도 안 켜고 내 차 앞에 훅 끼어들어오는 느낌이었다. 내 이야기 속에 액자소설처럼 자기가 읽은 책 이야기를 슬쩍 끼워 넣은 것이다. 우스운 것은 이따금 내 손을 툭툭 치며 자기 말의 경청 상황을 점검까지 하는 것이다. '듣기가 이렇게 힘든 일이구나' 새삼 깨달았다.

경청은 상대와 눈 맞추기이기도 한데 무엇보다 듣기 훈련이 잘 되어있어야 한다. 수업 시간에 교사와 눈 맞춤을 잘하는 아이 즉 듣기 훈련이 잘 된 아이들은 대체로 학업성취도가 높다. 당연한 이야기다. 나는 학생 시절에 국어 과목을 좋아해서 다른 어느 시간보다 집중했다. 그러다보니 자연적으로 국어 성적이 우수했고, 또 선생님도 이런 나를 칭찬해 주다 보니 국어 선생님까지 좋아하게 되었다. 흥미 있는 과목이라 매 수업시간에 경청하게 되었고, 그 결과 학업성취도가 높았던 것이다. 요즘 가정에서는 자녀가 한둘이라 그런지 몰라도 자녀가 부모의 말을 경청하기보다 부모들이 아이의 말에 경청하는 편이다. 이런 습관 탓에 학교에서도 교사의 말이나 친구들의 말을 귀담아 듣기보다 중간에 끼어들어 자기 목소리를 높이고, 주장하기를 좋아하는 것 같다. 이런 습관이 굳어지면 어른이 되어서도 말하기는 속히 하고 듣기는 더디 할 것이다.

한때 많이 읽혔던 '경청'이란 책에는 이런 말이 있다.

"귀 기울여 경청하는 일은 사람의 마음을 얻는 최고의 지혜이다." 아주 공감이 가는 말이다. 사람의 마음을 얻는 일을 잘하는 사람이 이 세상에서 성공할 확률이 제일 높다는 생각을 해본다.

토끼와 거북

　　　　　　　　　　　'토끼와 거북' 이야기만 들으
면 생각나는 아이가 있다. 그 당시 2학년이던 S다. S는 미남형
에 피부도 희고 키도 학급에서 제일 커서 누가 봐도 눈에 띄었
다. 그런 S는 공부를 잘했고 덩치는 컸지만 어리숙해 보였다.
문제는 주변에 친구가 없이 늘 혼자였다. "혼자 놀지 말고 친
구들하고 같이 놀아"라고 하면 아이들이 끼워주지 않는다고
한다. 노는 아이들을 불러 S를 좀 끼워주라고 하면 아이들이
시큰둥한 표정을 지으며 "S가 들어오면 판을 깨요."라고 한
다. 그러니까 S는 또래 집단에 어울릴 수 없는 뭔가가 있었다.
　뭘까? 내가 관찰한 바로는 특이한 행동이 발견되지 않았다.
가끔 여학생 머리카락을 잡아당긴다거나 학용품을 숨기는 정

도의 싫은 행동은 했다. 하지만 그런 행동은 짓궂은 남학생들이 허다히 하는 일이었다.

　그러던 어느 날 시험을 치고 채점을 하다 S가 쓴 정답을 읽고 나는 기절할 뻔했다. 너무 충격적이었다. 국어 시험이었다. 문제는 이러했다.

　"토끼와 거북이 경주를 하다 앞서 간 토끼가 중간에 잠이 들었다. 한참 뒤 뒤따라온 거북이 잠자는 토끼를 보았다. 내가 거북이라면 어떻게 했을까요?"

　주관식 답을 요구하는 문제였다. 그 당시 아이들이 쓴 답은 두 가지로 나뉘어졌다. 그 중 하나는 '토끼를 그냥 두고 간다.'였고 다른 하나는 '토끼를 깨워주고 간다.'였다. 첫 번째의 답을 쓴 아이들은 승부욕이 좀 강하지 않을까 생각했다. 그리고 두 번째의 답을 쓴 아이들은 잠자는 토끼를 두고 거북이 먼저 가서 만세를 부른들 진정한 승리가 아니라서 깨워서 다시 정정당당하게 겨뤄보자는 마음으로 답을 쓰지 않았을까 생각했다. 솔직히 이런 주관식 문제는 정답이 없다. 의미만 통하면 다 정답으로 간주하기에 공란으로 비워두지만 않으면 득점할 수 있다. 그런데 S 혼자 유독 특별한 답을 썼다. 그 답은 소름이 돋을 정도로 잔인했다. S가 쓴 답은 '토끼를 흙으로 묻어두고 간다.'였다. 흙으로 묻힐 토끼가 불쌍한 게 아니라 그렇게 답을 쓴 S가 왠지 불쌍하고 안쓰러웠다.

　나는 가슴이 너무 뛰어 그다음 문제로 넘어가지 못하고 채점하던 색연필을 놓았다. '도대체 어떤 심리가 있기에 저렇게 답을 썼을까?' 나는 S가 걱정이 되어 견딜 수가 없었다. 반드시 부모님과 상담을 해야 될 것 같아 퇴근 전에 집으로 전화를 드렸다. 아마 S의 아버지가 전화를 받은 것으로 기억된다. 그날 일을 상세하게 알리며 집에서 S의 생활이 궁금하다고 했다. 아버지도 놀란 눈치였다. 며칠 후 부모님이 교실로 왔고 긴 상담을 했다. S는 집에서 장난감 총으로 동생과 놀이를 하며 "탕~ 탕! 다 죽여 버린다."라는 말을 자주 쓴다고 했다. 부모님이 나쁜 말이라고 쓰지 말라고 해도 "안 돼, 나쁜 놈은 다 죽어야 돼."라고 말한다는 것이다. 나는 부모님을 잘 불렀다는 생각이 들었다. 그 당시 내가 제일 걱정한 것은 S가 말한 그 '나쁜 놈'이 혹시 학급에서 자기랑 놀아주지 않는 친구들일까 봐 마음을 졸였다. 하지만 학년이 마칠 때까지 그런 불상사는 일어나지 않았다. 나와 S의 부모님이 수시로 상담하면서 S를 잘 관리했기 때문이다. 관리라고 해서 특별한 비법이 있는 것은 아니었다. 다만 가정과 학교에서 S에게 더 관심을 기울이며 사랑하자고 약속한 것이다. 무엇보다 마음을 열고 진실 되게 상담에 임해 준 부모님 덕이 컸다.

S를 잊은 채 15년의 세월이 흘렀다. 사실 완전 잊은 건 아니었다. '토끼와 거북' 이야기를 생각할 때마다 오로지 한 사람 S를 떠올렸으니까. 오늘 병원에서 우연히 S 어머니를 만났다. 내가 물리치료실 앞에서 팔 재활 치료를 힘겹게 하고 있을 때 목발 하나를 짚은 아주머니가 다가와 내 이름을 대며 맞는지 물었다. S 어머니였다. 내가 '국어 시험' 이야기를 꺼내자 어머니가 먼저 '토끼와 거북' 이라고 말해서 우리는 동시에 하하하 웃었다. 어머니는 그 당시를 회상하며 모든 게 자기 탓이라 했다. 맞벌이에다 욕심을 내어 야간에 어머니가 통신대를 다녀 S하고는 거의 함께 하지 못했다는 것이다. 무관심한 부모님에 대한 분노가 밖으로 많이 표출된 것 같다고 했다. 현명한 어머니의 뒤늦은 깨달음이 S를 살렸다.

청년이 된 S를 만나서 '토끼와 거북' 이 나오는 국어 시험 이야기를 꺼내면 S는 이렇게 말할 것 같다. "저도 기억이 안 나는데 어떻게 선생님이 제가 쓴 답을 아직 기억하세요?"

'그렇단다. S야, 사실은 말이야. 네 답을 읽고서 내가 많이 아팠거든. 아픈 기억은 오래 가는 법이란다.'

4부

입장 차이

내가 타인에게 베푼 것은 잊어야 하는데 기억하며, 베풂을 받은 것은 기억해야 하는데 잘 잊어버리며 예사로 생각한다. 입장이 다르기 때문이다.

파뿌리

염색약을 사왔다. 머리 뿌리 쪽을 보니 온통 하얗다. 아들이 군대 가기 직전에 보이지 않는 뒷머리에 난 새치를 뽑아달라고 했다. 아들은 한두 개씩 뽑다 몇 개씩 무리지어 있는 새치를 보면 "헉, 여기는 완전 지뢰밭이다."라고 하여 몹시 상심한 적이 있었다. 그때만 해도 어쩌다 눈에 띄는 흰머리가 늙음의 상징물 같아 거울을 보며 수시로 뽑았다. 그런데 지금은 염색약이 아니면 손을 쓸 수 없는 아이 말대로 온통 지뢰밭이다.

오늘따라 파뿌리 같은 흰머리를 보니 '검은 머리가 파뿌리 되도록…' 이란 주례사의 단골 용어가 생각난다. 사람에 따라서 머리카락이 세는 시기가 다르긴 해도 흰 머리카락이 많아 염색할 정도로 부부가 함께 살았으면 오래 산 것 같다. 이십 대에 결혼식 주례사에서 '파뿌리' 라는 말을 들을 때마다 나는 죽는 날까지 오래오래 같이 사는 것을 의미하는 줄 알았다. 주례사의 의도는 그게 맞다. 하지만 요즘 주위 사람들을 살펴보면 흰머리 파뿌리는 생각보다 일찍 찾아온다. 오십이 되기 전에도 검은 머리가 파뿌리가 된 사람들이 수두룩하다.

나는 검은 머리가 파뿌리가 되도록 남편과 어떻게 살았을까? 흰 머리카락에 염색약을 바르며 지나온 삶을 되돌아본다. 치열하게 사랑하면서도 반대로 치열하게 싸운 것 같다. 아침마다 눈을 뜨며 자주 하는 기도는 이러했다. '사랑할 수 없는 것을 사랑하게 하고 용서할 수 없는 것을 용서하게 해주세요.' 그러나 그 기도는 늘 소망에 지나지 않았다. 사랑할 수 있는 것만 사랑하고 용서할 수 있는 것만 용서가 되었다. 그래서 작은 일에도 분노하기 일쑤였고 상처받으며 상처 주기를 반복했다. 누군가는 한평생 속이 타서 마음을 찍는 엑스레이가 있다면 속이 새까맣게 되어있을 거라 했고, 또 누군가는 속이 상처투성이로 너덜너덜하다고 했다.

남편과 내 속도 그럴 것 같다. 새까만 흔적도 있고, 너덜너덜한 조각도 돌아다니고 있을 것이다. 부부는 평생을 살며 서로 상처를 주고받는다. 상처 받기 싫어 서로 소통하지 않는 부부도 흔하다. 왜 검은 머리가 파뿌리가 되도록 내 자아가 시퍼렇게 살아서 상대를 힘들게 하는지. 하얀 파뿌리가 염색약으로 까맣게 물이 들면 내 마음도 회심하여 사랑의 노래를 부르고 싶다. 사랑할 수 없는 것을 사랑하고 용서할 수 없는 것을 용서하고 싶다.

가을이 한창 무르익었다. 며칠 내가 못 본 사이 집 옆 공원의 느티나무가 완벽하게 물들었다. 가을이 시작되며 쉬지 않고 노랗고, 누렇게 채색하던 신의 손길도 이제 멈추었다. 이쯤이면 느티나무는 깨달을 것이다. 비록 곱더라도 곧 하나씩 하나씩 잎을 떠나보내야 함을. 그대로 끌어안고 있으면 추해진다는 걸. 느티나무에게 영혼이 있다면 지금, 저 고운 잎을 다 버릴 각오가 되어 있는 지금이 제일 맑고 거룩할 것 같다. 사람도 그럴 것이다. 죽기 직전에는 온전하게 맑은 영혼을 소유하지 않을까? 다 내려놓았고 다 비웠기 때문일 것이다.

하얗게 더 하얗게 세어지던 나의 머리카락이 완벽하게 파뿌리가 되는 어느 날, 신은 드디어 하얀 물감을 든 손을 놓을 것이다. 느티나무에게서 채색을 멈추듯. 그때의 나는 파뿌리로 아프고 낡아진 육체로 고독하지만 처음으로 내 영혼은 온전히 맑고 거룩하리라. 염색으로 잠시 둔갑하지만 얼마 안 있어 나의 하얀 파뿌리는 다시 살아난다. 그리곤 무언의 메시지를 준다. 아무리 아름답고 고운 잎이라도 때가 되면 떠나보내야 함을 깨달은 느티나무처럼 떠날 때를 알고 떠나는 것이 진정 아름다운 거라고.

입장 차이

　　결혼을 앞둔 딸이 지금까지 자취를 하며 썼던 물건을 처분하고 새 집으로 이사를 하게 되었다. 중고 물품을 인터넷에 올리자니 물건마다 치수를 재고 사진을 찍는 등 번거로워 집 근처 중고 물품을 거래하는 아저씨를 불렀단다. 세탁기와 냉장고는 기대치만큼은 아니어도 그런대로 값을 쳐주는데 침대, 식탁, 옷장, 협탁, 화장대는 너무 헐값으로 견적이 나와 너무 속상하다며 문자가 왔다. 메시지는 "휴 ㅠㅠㅠㅠㅠㅠ"로 끝이 났다. 속상하거나 일이 안 풀릴 때 쓰는 ㅠ가 6개쯤인 걸 보니 많이 속상했나 보다. 속상하기는 나도 마찬가지다. 특히 침대와 식탁은 새 걸로 샀는데 3년 전 중고로 샀던 가전제품 값보다 더 싸게 매입하겠다는 것이다. 너무 손해를 보는 것 같아 식탁은 새집에 갖고 가서 베란다에 두고 야외용 테이블로 쓰라고 했다.

그런데 침대가 문제였다. 3년 전에 살 때 이런저런 할인 혜택을 많이 받아 50만 원 이상을 준 것 같다. 정확히는 기억이 안 나지만. 그런데 위에서 말한 다섯 가지 물건을 합쳐서 10만 원을 쳐준다고 하니 나누어 보면 하나에 2만 원 정도다. 침대 값을 좀 더 후하게 쳤더라도 결코 반인 5만 원은 넘지 않을 것이다.

"진짜 너무하다. 턱없이 싸게 사서 두세 배는 남겨 먹을 걸."

이렇게 투덜거리는 내 머리 속에 C교수의 책 『돈 버는 심리 돈 새는 심리』가 생각났다. 물건을 사고파는 데는 묘한 심리가 작용하는데 파는 사람은 비싸게 받으려 하고 사는 사람은 무조건 싸게 사고 싶어 하는 것이 인간의 심리란다. 그러니까 입장 차이로 보면 된다. 위의 침대의 경우 딸과 나는 '50만 원짜리 물건을 3년밖에 안 썼는데 고작 이 돈을 준다니.' 라고 생각한다. 반대로 사는 사람은 '50만 원 주고 산 물건을 3년이나 썼으면 완전 고물이지.' 라고 말할 것이다. 사는 사람 입장에서 생각해 보니 처음 들었던 서운한 마음이 없어졌다. 나는 딸에게 이런 심리를 설명하며 또 이렇게 덧붙였다.

"현아, 엄마가 계산해보니 속상할 것 없다. 3년 전에 옷 한 벌을 40만 원 더 주고 산 적이 있는데 그 옷을 지금 팔면 누가 사겠노? 침대 구입비가 50만 원이라 치자. 3년으로 나누어 보니 하루 침대 사용료가 456원 정도야. 그 돈 주고 매일 꿀잠을 잤으니 그냥 처분해도 안 억울해."

이렇게 딸의 서운한 맘을 다독거려 주었다. 잠시 후 딸이 답 문자를 보내왔다. "ㅋㅋㅋㅋㅋㅋㅋㅋㅋ 웃겨." 이런 문자를 보는 순간 딸의 억울함을 잘 풀어주었다고 여겼다.

이런 비슷한 심리가 인간관계에서도 작용하는 것 같다. 내가 타인에게 베푼 것은 잊어야 하는데 기억하며, 베풂을 받은 것은 기억해야 하는데 잘 잊어버리며 예사로 생각한다. 입장이 다르기 때문이다. 어려운 일이 있을 때 '나는 예전에 힘들 때 도와줬는데 내가 힘들 때는 왜 모른 척하지?'라고 생각하며 서운해 한다. 그러나 상대는 과거에 받은 도움을 그렇게 크게 생각지 않는다. '당시 그만한 형편이 되니까 도와준 거지 뭐, 나는 지금 도와줄 여력이 없어 당연 못 도와주지.' 라고 생각하며 자신을 합리화시킨다.

입장을 바꾸어 생각하지 못하기 때문에 나는 자주 상대를 이해하지 못할 때가 많다.

애주가여

젊은 날 남편은 말수가 참 적었
다. 감정 표현을 잘 안 하다보니 인정이 메마르고, 재미도 없
어 보였다. 그런데 술을 한잔 하는 날이면 180도로 돌변해 딴
사람이 된다. 무뚝뚝했던 남편을 부드럽고 자상하게 만든 술
의 마력에 나는 혀를 내두른다. 남편은 술에 취하면 한껏 부드
러워진 혀로 속삭임에 리듬을 넣어 "내가 너를 얼마나 사랑하
는지 아느냐." 식의 사랑타령이 단골 메뉴였다. 취중진담이라
지만 나는 그 말을 도저히 믿을 수가 없었다. 정말로 사랑한다
면 밤이 이슥하도록 걱정하며 기다린 내게 걱정 끼쳐 미안하
다는 말부터 해야 하는 게 당연하다. 또 밤늦게 귀가해 숙면
방해까지 하는 것을 어찌 진정한 사랑이라 여길까? 이런 남편

이었지만 사람은 항상 상대적이라 옆집 아저씨에 비하면 감사할 일이었다.

옆집에 사는 아저씨가 술에 취한 날은 골목 사람들이 먼저 안다. 관객을 향해 불만을 터뜨리는 연극배우의 독백처럼 고함과 노래가 골목이 떠나갈 정도로 시끄럽다. 평소엔 점잖고 인정 많으며 인사성이 밝았던 아저씨와는 정반대였다. 남에게 피해를 끼치는 것은 물론 가정은 비상사태에 들어간다. 아내와 노모가 함께 살고 있었는데 오랫동안 아저씨의 고성만 들려올 뿐 다른 사람의 목소리는 한마디도 없었다. 이웃이 시끄럽도록 소리를 질러대도 아내는 물론 노모의 잔소리는 들리지 않는다. 가끔씩 아들을 감당하지 못한 노모의 훌쩍거림이 들려올 때면 마음이 짠하다. 그런 아저씨에 비해 남편은 곧장 잠이 들어 이웃에 내 체면 유지는 해주었다.

옆집 아저씨의 술주정을 듣고 있노라면 술이란 필요악이 아닐까 싶기도 하다. 대체로 아저씨는 술에 지배당한 채 산다. 어쩜 주당들의 대부분이 술에 지배당하고 살 것이다. 조선시대 이수광의 『지봉유설』에도 소주에 대한 이야기가 나오는데 참 흥미롭다. "약으로나 쓸 뿐이지 이를 함부로 마시다가는 감당하지 못하는 경우가 생긴다. 이 때문에 사람들은 작은 잔을 소줏잔이라고 부르기도 한다."

그 시대에도 지금처럼 소주를 함부로 마시다 감당하지 못한 사람들이 있었던 것 같다. 요즘은 여자들도 엄청 술을 즐겨 마신다. 한번은 학년 초 신입 교사 환영회에 갔는데 교육대학교를 갓 졸업한 예쁘고 얌전한 처녀 선생님이 남자 선배 교사로부터 소줏잔을 받아 얼마나 홀짝홀짝 잘 마시든지 적잖이 충격을 받았었다. 옛날만큼 술 권하는 사회는 아니지만 여전히 회식 자리에서 술이 없으면 앙꼬 없는 찐빵이라는 것이다. 술은 적당히 마시면 분위기를 부드럽게 만들기도 한다. 그런데 '적당히' 에는 상당한 자제력이 필요하다. 주당들에게는 술로 인해 큰 타격을 받은 경우가 한두 번쯤은 다 있을 것이다. 나에게도 잊을 수 없는 경험이 있다.

오래전 남편이 음주 운전 단속에 걸렸다. 얼마나 마셨던지 최악의 경우인 면허취소가 되었다. 그때가 하필이면 아들이 고3이었다. 남편이 운전을 할 수 없게 되자 이른 아침에 아들과 아들 친구들을 카풀해서 학교까지 태워주고 출근을 했다. 또 야간자습이 끝나는 밤 12시까지 학교에 가서 아들과 카풀한 친구들을 집까지 보내주어야 했다. 고3 아들만큼 잠이 늘 모자랐다. 나의 일상은 더 바빠졌고 반대로 남편은 편하게 되었다. 지금 생각해도 그 당시 남편은 술 덕을 보았고 반대로 나는 술로 피해를 본 셈이다. 물질적 손실도 컸다. 그 당시 한 달 치 내 월급을 고스란히 벌금으로 납부했다. 혼자 가슴앓이를 하면서도 남편의 체면을 위해 남몰래 비밀로 고이고이 간직하고 있었다. 그러던 어느 날 부끄러움을 무릅쓰고 친구에게 이 사실을 털어놓았다. 그런데 그 친구의 대답에 나는 정말 큰 위로를 받았다. "남자들은 한 번씩 그런다. 우리 신랑은 아주 옛날에 면허취소를 당했어. 속상해 하지 마라. 너거 신랑만 그런 거 아니야."

잘 털어놓았다 싶었다. 그날 후 내 주위의 사람들과 이야기해보니 어이없게도 이런 경험들을 더러 갖고 있었다.

술이 사람을 악마로 만들기도 한다. 탈무드에 "악마가 사람을 방문하기에 너무 바쁠 때에는 대신 술을 보낸다."는 말이 있다. 태초에 신이 술을 만들 때에는 적당히 마시고 즐기라고 만들지 않았을까. 그런데 악마는 적당히 마시는 꼴을 못 본다. 그 사람이 악마가 될 때까지 마시도록 유혹한다. 악마의 본성이 그러니까. 애주가여! 술을 마셔도 부디 악마에게 영혼마저 뺏기지 않기를!

아름다운 마무리

친정어머니를 모시고 백수白壽에 한 살 모자라는 외할머니를 방문했다. 갈 때마다 외할머니의 키가 조금씩, 아주 조금씩 작아지는 느낌이었다. 내 어릴 때는 우러러 봐야했고 다 커서도 작다는 느낌을 받은 적이 없다. 그런데 상수上壽에 가까워지면서 '외할머니가 저렇게 키가 작았나.'라는 생각에 볼 때마다 고개를 갸웃거렸다. 아름드리 풋풋한 배추에 소금 절인 것처럼 수분은 다 빠져나가고, 척추의 연골은 닳아 내려앉고, 이제 몸을 지탱하는 뼈와 핏기 잃은 살갗이 인생무상人生無常을 새삼 느끼게 한다.

외삼촌과 한평생을 함께 살다 뒤늦게 독거노인이 됐는데 살림도 잘 하신다. 냉장고며 싱크대며 집안 구석구석이 하도 깔

끔해 도와 드리고 싶어도 내가 손댈 데가 없었다. 꼿꼿하면서
도 냉철했던 성품은 어디 갔는지 간곳없고, 이제는 만날 때마
다 무조건 온화하게 웃는 게 오히려 안쓰럽다. 물론 혼자 계시
다가 우리가 가니 좋아서 웃겠지만 어쩐지 동물의 왕국에서
우두머리의 자리를 내준 원숭이가 옛 부하들의 눈치를 살피
듯 그런 웃음 같은 느낌 때문이다.

"할머니, 잘 계셨어요?"

이렇게 안부를 묻는 말에 할머니는 지난번 방문 때와 똑같
은 말씀을 하신다.

"왜 이래 안 죽노. 안 죽어 큰일이다."

정색을 하며 걱정스럽게 말씀하신다. 그 정도로 말씀하시면
할머니의 속마음을 어느 정도 헤아리겠는데 안 해야 될 말을
우리 모녀 앞에서 서슴없이 하신다. 금방 짓던 웃음을 지우며
"수면제라도 먹고 자는 듯 죽어야겠다."라는 말을 한다. 그 말
에 깜짝 놀란 어머니는 슬픈 눈으로 말하는 할머니에게 충고
아닌 간청을 시작한다. "엄마, 자기 명은 타고나는 거라 함부
로 하면 안 돼요. 여태 잘 살았는데 그렇게 죽으면 자살이 되
어 자식들 모두를 불효자로 만드는 거예요." 이런 말로 어머
니는 극단적인 선택을 하면 안 되는 이유를 설명하신다. 듣고
있던 나도 안타까워 한마디 거들었다. "할머니, 수면제 몇 알

먹는다고 안 죽어요, 더 고생만 해요. 그리고 약국에서 한 사람에게 그렇게 많이 팔지 않아요.”라고 했더니 할머니의 대답이 과히 충격적이다. 조금씩 사 모으면 된다는 것이다. 살기 위해서 약을 먹는 게 아니라 죽기 위해 약을 사 모은다니 세상에 이런 아이러니도 있구나!

모처럼 외할머니를 뵈러 갔다가 만남의 반가움은 잠시 우리 삼 대의 이야기 주제는 죽음으로 흘러갔다. ‘웰빙도 중요하지만 웰다잉이 더 중요하다.’ 라는 말이 새삼 떠올랐다. 한평생을 누구보다 열정적으로 살고서 특히 남들이 감히 흉내 낼 수 없는 공적까지 이룬 사람이 극단적인 선택으로 생을 마감하는 걸 보면 정말 가슴이 아프다. 그건 결코 아름다운 마무리가 될 수 없다. 할머니가 웰다잉으로 삶을 아름답게 마무리하길 바라면서 장수시대에 대해 진지하게 생각해 본다. 옛날에 비해 정말 수명이 길어졌다. 옛날엔 환갑만 되면 노인네 취급을 받았는데 지금 100세 시대에 환갑의 의미는 전반부의 삶을 돌아보고 후반부 제 2의 인생을 시작하는 출발점이라 할 수 있다.

내 주위에는 90세를 바라보거나 90세를 훌쩍 넘은 분들이 많다. 모두들 건강하게 오래 살고 싶어 한다. 그런데 외할머니를 보면 건강하게 오래 살아도 문제다. 전혀 행복하게 보이지 않는다. 외할머니는 건강하시다. 100세를 바라보지만 기억력은 치매기 없는 80대 어른 수준이다. 오래전 미국 여행 때 간 여행지의 이름도 영어 발음으로 정확하게 말해 친정어머니와 나는 혀를 내둘렀다. 청력도 좋아 조금 떨어진 거리에서 할머니 흉을 보면 낭패를 당한다. 언젠가 나는 '할머니가 못 듣겠지' 생각하고 작은 목소리로 친정어머니께 할머니 이야기를 했는데 헉! 할머니가 나 있는 쪽으로 고개를 돌리며 대답을 해 얼마나 놀랐는지. 할머니 흉을 보지 않았으니 그나마 다행이었다. 연로하시니까 다리와 허리가 조금 아플 뿐 큰 병도 없다. 제일 견디기 힘든 것은 바로 외로움인 것 같다. 도우미 아주머니가 주중 이삼일 정도 와서 말벗도 해주고 집안일도 도와준다. 가끔 외삼촌과 어머니가 들른다. 혼자 걸을 수 있지만 외출은 거의 안 하신다. 경로당에 가시길 권유해도 싫어하신다. 나름 이유가 있었다. 나이가 너무 많아 남들이 어른 대접하느라 불편해 한다고 말씀하신다. 너무 상 어르신이라 그럴 수도 있겠다 싶다.

장수시대, 어떻게 살아야 건강하게 오래 살면서도 행복을 누릴 수 있을까. 100세를 바라보며 80대의 딸에게 사는 게 지겨워 죽고 싶다고 아기가 보채듯 말하는 걸 곁에서 들으면서 또 한 번 인생을 생각한다. 어떤 사람들은 단 며칠이라도 더 살고 싶어 몸부림치며 눈물로 기도하는데, 또 다른 한편에서는 사는 게 지겨워 몸부림친다. 신은 과연 모든 인간에게 공평한 것일까 묻고 싶다.

할머니 집을 나서며 나는 습관처럼 "할머니, 잘 잡숫고 건강하세요."라고 인사한다. 할머니의 소원을 이루려면 '할머니, 빨리 돌아가시길 기도할게요.' 라고 말해야 하는데 나는 그렇게 말할 용기가 조금도 없었다. 만났을 때의 반가움이 씁쓸함으로 바뀌고 있었다. 집에 돌아와서도 물기 어린 할머니의 쉰 목소리는 자꾸만 환청으로 들려와 내 심기를 어지럽게 한다.

"우째야 죽겠노."

"수면제라도 먹고 죽고 싶다."

이런 환청이 내 미래의 가늠자 같아 자신을 되돌아보게 한다. 오늘도 나는 아름다운 마무리를 위한 길을 찾기 위해 사색에 잠긴다.

세탁기 돌아가는 소리

치륵치륵 치르륵.

오늘따라 세탁기 돌아가는 소리가 유난히 크게 들린다. 귀에 거슬리는 소리를 막아보려고 두 손으로 귀를 막아도 책을 읽는 데 집중이 안 된다. 오히려 10년도 훨씬 넘게 쓴 고물이라 고장이 날지 몰라 불안하다.

'시끄럽긴 한데 저 소리가 멈추면 큰일 난다.'

이런 생각을 하니 귀에 거슬리는 소리가 너무너무 소중하게 들린다. 문득 몇 년 전 난감했던 기억이 떠올랐다. 그날, 빨래를 세탁기에 한가득 넣고 전원 버튼을 눌렀는데 작동한 지 얼마 안 되어 세탁기 돌아가는 기계음이 들리지 않았다. 무슨 일일까? 가보니 세탁기가 멈춰버렸다. 나대로 이런저런 시도를 해보았으나 한 번 고장 난 기계는 끝내 작동하지 않았다. 세탁에서 헹굼과 탈수 과정을 거쳐 빨래가 다 되려면 한참이나 남았는데 고장이라 아주 난감했다. AS센터에 전화를 했지만 기사가 바빠서 오늘 방문할지 내일 방문할지 알 수 없다고 했다. 세탁세제가 물에 풀리고 옷감들의 때가 녹아나 기분 나쁘게 불투명한 구정물 속의 뒤엉킨 옷들을 바라보고 있자니 가슴이 답답했다. 어쩔 것인가? 직원이 방문할 때까지 그대로 두자니 물속의 빨랫감이 상할 것 같아 찝찝하고, 모두 꺼내서 손빨래를 하자니 엄두가 나지 않았다. 양말이나 속옷 정도만 손빨래를 해본 내가, 커다란 고무 물통 가득 채운 저 빨래를 어떻게 빨 수 있다는 말인가? 목숨 걸고 한다 치면 못할 거야 없지만 한나절은 족히 걸리고, 중노동의 대가로 사나흘은 몸져누울 것이 뻔했다. 고민 끝에 남편에게 전화를 했다. 예상대로 성품이 느긋한 남편은 'AS 기사가 올 때까지 그대로 두라.'고 했다.

해야 할 일을 미루지 못하고 제때제때 처리해야만 직성이 풀리는 나는 남편의 대답을 듣고도 마음이 산란해 다른 일을 하다가 몇 번이고 세탁기통을 들여다보았다. 그런데 정말 다행스럽게도 AS 기사는 하루를 넘기지 않고 그날 늦은 밤에 방문하여 수리를 해주었다. 아저씨가 부속품을 교체한 후 멈추었던 세탁기가 다시 빙빙 신나게 돌아가는 소리를 듣자 얼마나 신기하고 기쁘든지.

나는 그 당시의 난감했던 생각을 떠올리자 세탁기가 어떤 둔탁한 기계음을 내더라도 즐거운 음악 소리로 듣기로 마음을 고쳐먹고 독서에 임했다. 그런데 이제는 세탁기가 그 당시보다 훨씬 낡아 상황이 다르다. 다시 수리해서 쓸 수가 없기에 몇 배나 난감해진다. 저 소리가 멈추면 AS 기사를 부를 것이 아니라 가전제품 가게로 달려가야 한다. 몇 개월 할부할 것인가를 고민하면서.

오늘 우리 집 세탁기는 자기 역할을 잘해주었다. 부속품들이 노후화 되었지만 서로 제 기능을 기억하고 역할을 해주어 고맙고 기특하다. 빨래를 잘 마무리했노라고 좀 전에 나에게 유쾌한 멜로디를 보냈다. 빨래를 널고 있는 가벼운 내 손길은 흥거운 리듬을 탔고 기분은 하늘을 날 것 같았다. 평소의 작은 일이 오늘처럼 기분 좋게 여겨지기는 난생처음이다. 모든 게 생각하기 나름인 것 같다. 제 할 일을 마친 세탁기는 자기 존재음을 내지 않은 채 이제 조용하다. 세탁기는 어쩌면 쉬는 게 아니라 다음 자기 역할을 헤아리며 존재감을 살리기 위해 조용히 준비하는 것 같다. 마치 한순간도 멈추지 않는 내 심장처럼. 심장은 한시도 쉼 없이 뛴다. 늘 뛰고 있어도 내 자신조차 그 존재 음을 느끼지 못한다. 하지만 내 생명을 굳게 지키고 있다.

요즘 들어 내 몸에도 적신호가 자꾸 온다. 노후화 된 세탁기처럼 손봐야 할 곳이 많다. 언젠가는 더 이상 손댈 수 없으면 갖다버려야 한다. 그날이 내일 오더라도 오늘 내 심장은 그 역할을 게을리하지 않을 것을 믿어 의심치 않는다. 그래도 작동 중이던 세탁기가 언제 멈출지 모르듯 내 심장이 멈출 순간도 한 번쯤 생각해볼 일이다. 귀에 거슬린 세탁기 돌아가는 소리가 오히려 소중하게 여겨지듯, 앞으로는 내가 의식하지 못했던 심장 소리를 소중히 여기며 의미 있게 들어야겠다. 감사와 은혜의 소리로 여기면서….

새집

여동생의 동창이 췌장암으로
투병하다 얼마 전 하늘나라로 갔다. 죽음 직전까지 의식이 명
료했으며 마지막에는 스스로 콧줄을 빼고 가족들로부터 심폐
소생술을 거부한다는 동의도 받았다는 것이다. 최후의 순간
이 다가옴을 알았던지 의료진의 병실 출입도 거부하며 가족
들만 모여 마지막 몇 시간을 보냈다고 했다. 죽음 앞에서 인간
은 한없이 약해져 촌음이라도 삶의 연장을 위해 몸부림을 치
는 게 본능이라 했다. 그런데 그 본능을 능가한 결단에 동창들
이 그녀의 마지막 선택을 귀하게 평가하는 것 같다.

곧 떠나는 사람과 보내는 사람의 마지막 시간이 어땠을까.
내가 그녀가 되어 나와 가족들과의 최후의 순간들을 그려보

았다. 호흡이 가빠오며 가슴이 콱 막힌다. 그 공간에는 슬픔과 아픔을 초월한 어떤 감정의 기류가 흐를 것 같다. 슬픔과 아픔 너머의 감정은 어떤 것일까? 떠나는 자와 보내는 자가 생에서 처음으로 느끼는 낯선 감정일 것이다. 그녀는 끝까지 정신줄을 놓지 않았고 의식이 있을 때 가족의 품 안에서 떠나고 싶었는지 모른다. 무의식 상태의 삶을 의미 없는 것이라 여겼는지, 아니면 말기 암이라 주체할 수 없는 통증을 감당하기 힘겨웠는지도 모른다.

어쨌든지 소생할 수 없는 삶을 자각하고 최선의 길을 택한 그녀는 그렇게 산자와의 마지막 이별을 분명히 하고 얼마 후 새집(유택)으로 떠났다. 그녀의 동창 중의 한 사람이 '친구의 새집' 이라는 제목으로 그녀의 무덤 사진과 함께 슬픈 사연을 동창 밴드에 올렸다. 나는 동생의 휴대폰을 통해 그 새집을 보았다. 그녀의 흙집은 며칠 되지 않아 잔디도 뿌리를 내리지 않은 상태였다. 사진 속 묘를 바라보고 있으려니 잔디와 흙 사이로 마지막 깊은 호흡이 들리는 것만 같았다.

새집으로 이사하기 전 그녀의 몸은 매일 조금씩 가벼워져 갔을 것이다. 부질없는 세상 욕심을 버리고, 버리고, 또 버리고, 마지막엔 육신의 장막조차도 훌훌 버리고 고귀한 영혼만 안고 떠났을 것이다.

나는 작년에 이사를 했다. 25년 만에 한 이사다. 정말로 물건들을 많이 버렸다. 이사 후 결심했다. 집안을 수시로 점검하고 꼭 필요하지 않은 물건은 버리기로 작정했다. 내 마음속의 부질없는 욕심도 수시로 점검해 버리기로 했다. 영원히 안주할 새집에 입주하기 전 결국 우리들은 다 버리고 가야 한다. 이 평범한 진리를 매일 곱씹으며 나의 짐들을 최대한 줄일 것이다. 급기야 새털처럼 가벼운 영혼만으로 훨훨 날아 입주할 것이다.

사랑합니다

　내가 지금 근무하는 학교의 인사말은 '사랑합니다' 이다. 아침에 아이들과 만날 때도 하교 시 헤어질 때도 '사랑합니다' 이다. 참 신기한 것은 아무 생각 없이 '사랑합니다' 라고 인사를 할 때도 정말 사랑하는 마음이 내 속에서 싹튼다는 것이다. 역시 말에는 원천적으로 힘이 존재하나 보다. 그런데 가끔은 이 말이 황당하게 느껴질 때도 있다. 바로 이럴 때이다. 어떤 아이가 잘못해서 혼이 났는데 집으로 돌아가며 나에게 '사랑합니다' 라고 인사한다. 형식적인 인사말인 줄 뻔히 알면서도 괜히 아이한테 미안하다. 그때 마음속으로 생각한다. '아, 이 아이를 더 사랑해야겠구나.'

　이 세상에서 '사랑' 만큼 위대하고 포용력 있는 낱말도 없을 것이다. 추한 것도 모자라는 것도 미운 것마저 다 품을 수 있는 말이 사랑이다. 죽음 앞에서 많은 사람이 '사랑한다' 라는 말을 쓴다.

며칠 전 지진이 발생했다. 포항에서 발생한 규모 5.4의 지진으로 진동이 제법 강하게 느껴졌다. 교실에 혼자 앉아 아이들 과제물을 검사하고 있는데 갑자기 창문이 덜덜덜 떨리고 건물 자체의 미세한 울림이 온몸으로 느껴졌다. '아, 이게 뭐지?' 하는 순간 휴대폰에서 문자가 왔다. 긴급재난문자였다. 포항에서 지진이 발생했다는 문자 내용을 확인하는 순간 밖이 소란스러워 나가보니 모두 운동장으로 대피 중이었다. 핸드백을 챙길 겨를도 없이 가족과의 연락을 위해 휴대폰만 쥐고 황급히 운동장으로 나갔다. 전 직원들과 방과후 학교 공부를 위해 남아있는 아이들이 운동장에 다 모였다. 경주에서 지진이 일어났을 때 혼비백산했지만 안정이 되자 지진을 잊고 살았다. 그런데 또 한 번 오늘 생명의 위협을 느끼게 되었다.

교사들은 긴장된 얼굴을 한 채 휴대폰으로 가족들에게 전화를 했다. 나도 마음이 급했다. '여진이 더 강하게 일어난다면 이 순간이 끝이 될 수도 있겠구나.' 라고 생각하니 두렵고 참담했다. 남편, 아들, 딸, 부모님의 얼굴이 떠올랐다. 먼저 남편한테 전화하니 진동을 별로 못 느꼈다고 했다. 그사이 아들이

"엄마, 괜찮으세요?"라고 문자가 와있었다. 아들은 흔들림을 느꼈지만 괜찮을 거라고 나를 안심시켰다. 서울에 사는 딸은 고층 건물에서 근무하는 데도 느끼지 못했고 부모님 역시 진동을 감지하지 못해 불안해하지 않으셨다. 다행이지만 난 여전히 두려웠다.

'우리나라도 지진의 안전지대가 아니구나, 여진이 언제쯤 일어날까?' 이런저런 생각을 하자 강진으로 비극을 맞은 나라 사람들의 참혹상이 눈앞에 그려졌다. 그런 비극이 오늘 일어날 수도 있다는 생각까지 미치게 되자 마지막으로 가족들에게 하고 싶은 말 한마디쯤은 생각해두어야 할 것 같았다. '나는 최후의 순간에 가족들에게 어떤 말을 할까'를 곰곰 생각해보았다. 물론 지진 발생 후 땅에 매몰되어 바로 죽으면 통화를 하는 것도 문자를 보내는 것도 불가능하다. 그야말로 '떠날 때는 말 없이'가 된다. 운이 좋아 휴대폰 연결이 되거나 문자라도 남길 수 있는 상황이라면? 어떤 말보다 '사랑한다'라는 말을 남기고 싶다. 많은 사람들이 지금까지 그랬다. 뜻밖의 사고로 인해 피할 수 없는 죽음을 인식하며 또는 질병으로 생의 마지막을 느낄 때 떠나는 자나 남는 자가 공통으로 많이 쓰는 말이 '사랑한다' '사랑합니다'이다. 이보다 아름답고 고귀한 말이 어디 있을까?

그런데 나는 오늘 깨달았다. 생의 마지막에 가서 쓰는 것보다는 살아 있을 때 많이 쓰는 게 훨씬 가치가 있다고. 또 사랑은 표현할 때 더 가치가 있다고.

'4반 친구들, 사랑한다.'

'여러분, 사랑합니다.'

버리는 연습

　　　　　　　　　　언니가 이사를 했다. 남들은 서
울이 좋다고 다투어 상경하지만 언니는 아니었다. 언니에게
서울은 고향과는 한참이나 거리가 먼 타향이다. 오랜 시간 망
망대해에 혼자 둥둥 떠 있는 외로운 섬처럼 살았다. 그런데
형부가 은퇴하면서 그 외로운 섬을 떠나 엄마와 아버지 그리
고 자매들이 사는 대구로 다시 귀향한 것이다. 함께 자란 네
자매가 다시 뭉친 것이다. '대구'라 쓴 승용차 번호판만 봐도
가슴이 설렌다는 언니였으니 대구로 이사 옴은 언니의 개인
역사에 큰 획을 긋는 일일 것이다.

　친정 식구들 역시 언니와 형부가 대구로 이사 온 걸 큰 경사
로 여겼다. 20년 넘게 한자리에 붙박여 살았기에 이삿짐이 아

주 많았다. 많이 처분하고 온 짐이라 했다. 꼭 필요한 것들, 도저히 못 버리는 것들만 싣고 왔을 터이다. 그런데도 내 눈에는 너무나 많은 물건들이었다. 사실 일 년 전 나도 이곳으로 이사를 했기에 잘 안다. 구석구석에 웅크리고 있던 물건들을 꺼내니 밑도 끝도 없었다. 두 달가량 조금씩 거의 매일 버리던 기억이 난다. 아마 언니도 그랬을 것이다. 최소한이라 생각하고 싣고 왔을 것이다.

'저 많은 물건들이 다 들어갈 공간이 있을까?'

나는 자질구레한 일을 도우며 나름대로 고민했다.

막내 여동생은 산전수전 다 겪은 이사 달인처럼 말했다.

"넓은 평수로 이사 가면 공간이 넓어 자동으로 정리되지만, 좁은 평수로 왔기에 정리가 어렵다."

동생도 내 시각과 크게 다르지 않았다. 그런데 시각 차이가 있었다. 여러 사람들이 머리를 맞댄 지혜로운 처리로 그 많던 물건들이 적재적소에 제자리를 잡아갔다. 우리들의 생각은 기우였다. 상대적으로 지난번에 살던 아파트가 너무 넓었다는 걸 간과한 것이다.

나는 꼼꼼히 언니의 살림을 살펴보았다.

'언니가 결혼할 즈음 없었던 물건들은 무엇일까?'

이런 호기심이 발동해 흥미 있는 상상을 해보았다. 텔레비

전과 냉장고 그리고 세탁기는 있었을 것이다. 그렇다면 김치
냉장고와 정수기, 가죽 소파, 전축, 침대, 컴퓨터 등이 새로 보
태진 짐 같다. 그 외에도 덩치 작은 물건들이 구석구석에 더
있을 것이다. 살아갈수록 물건이 늘어났으니 공간이 좁을 수
밖에 없다. 생활의 편리함을 좇아 집집마다 물건이 늘어난다.
내가 아는 사람의 집에는 냉장고가 세 개라고 했다. 냉장고를
새로 샀는데 부족할 경우를 생각해 옛날에 쓰던 것을 처분하
지 않고 그대로 사용한다고 했다. 그러니까 일반 냉장고가 둘,
김치냉장고가 하나인 셈이다. 식구가 둘인데 냉장고가 셋이
라 도저히 이해가 되지 않았다. 그 사람이 우리 집에 와서 아
주 오래된, 그것도 크지도 않은 냉장고를 보면 불쌍히 여길지
모른다.

　나는 다른 데는 크게 자신이 없지만 물건 버리는 데는 자신
이 있다. 좀 과감하게 처분하는 편이다. 그다지 없어도 될 물
건 하나를 처분하면 그렇게 속이 후련할 수가 없다. 야릇한 쾌
감까지 밀려온다. 언제부턴가 '버리는 습관' 하나는 잘 정착
되어있다고 자부해왔다. 잘 버린다고 친정어머니께 꾸중을
듣기도 한다. 그렇지만 나이가 들며 버려야 할 것들이 많아진
다는 내 생각에는 변함이 없다. 물건도 그렇지만 마음 비우는
공부도 익숙해져야 한다. 어쩌면 살림살이보다 속에 많이 옹

크리고 있는 욕심, 미움, 원망, 걱정, 탐욕, 두려움 등등 수도 없이 많다.

꼭 필요하지 않은 물건을 처분하듯 내가 버려야 할 것들을 조목조목 적어봐야겠다. 그리곤 버리는 연습을 매일 해야겠다. 내 영혼이 새털구름처럼 가벼워지는 그 날까지.

묘비명

영국의 극작가 버나드 쇼는 자
신의 묘비명에 "내 우물쭈물하다 이렇게 될 줄 알았다"라는
문구를 남겼다. 참 흥미롭다. 아침 이슬처럼 빨리 사라져버릴
덧없는 인생을 이렇게 잘 표현할 수가 있을까? 어떤 무게 있는
철학적인 문장보다 산 자에게 시사하는 바가 크다.

정말 우물쭈물하다 오십이라는 아직 남의 나이처럼 낯설게
만 느껴지는 나이를 맞았다. 긴 생머리에 초미니스커트를 입
고 지금의 남편과 동성로를 휘젓고 다닐 때가 엊그제 같은데,
씨를 뿌리듯 흰머리가 매일매일 돋아나고 얼굴은 생기를 잃
어간다. 나이는 숫자에 불과하다며 젊은 기분으로 살고 싶지
만 몸이 매일매일 '너 나이를 알라.'고 경고음을 울린다.

재미있는 책을 손에 들면 끝장을 봐야 하는데 눈이 말한다. '피곤해 죽겠다 쉬었다 읽어.' 또 요즘은 이유 없이 다리가 아파 산책 시간도 짧아졌다. 내가 정해놓은 산책 코스가 있는데 끝까지 못 가고 돌아온다. 욕심내어 걸을라치면 다리가 말한다. '욕심내지 마라. 욕심내다 영 못 걸으면 어쩔래?' 하여튼 여기저기서 경고음을 울려대니 나이에 걸맞게 살아야지 기분 내키는 대로 살다가는 큰 낭패를 당할 수도 있겠다 싶다.

나는 이 나이가 될 때까지 무엇을 하며 살았지? 원대한 목표를 좇아 하루하루를 타이트하게 살진 않았지만 주어진 삶에 순응하며 작은 소망들을 이루기 위해 나름대로 최선을 다했다. 결혼해서 아이 둘을 낳아 키우며 30년 가까이 직장 생활도 무난히 해냈다. 또한 동화집 3권, 수필집 1권을 출간하기도 했다. 그런데 돌이켜보니 어느 한 분야에도 딱 부러지게 드러난 게 없어 아쉽다.

아이 둘은 내가 키웠다기보다 스스로 잘 자랐다. 늘 바쁘고 잘 아픈 엄마를 이해해 홀로서기를 일찍 했다. 남들은 조기 교육시킨다고 야단법석일 때도 나는 남의 아이 교육시키기에 바빠 우리 아이는 늘 뒷전이었다. 아이가 어릴 때 부모가 아이의 타고난 소질을 발견해 계발해 주어야 하는데 내 반 아이들 소질 계발에 바빴다. 내가 맡은 반 아이들의 관심사로 내 아이들에겐 지속적인 관심을 기울이지 못했다. 그래서 지금도 아이 둘은 자신의 타고난 소질을 발견하지 못해 진학, 취업 문제를 두고 고민한다. 이 모두가 엄마 탓이라 생각하니 진심으로 아이들한테 미안하다. 한 번은 평소 불평 없던 딸아이가 볼멘소리로 중얼거렸다.

"내 친구 엄마들은 정보도 빠르다. 이름난 학원도 엄마들이 잘 찾아내고 픽업까지 한다."

이런 말을 듣는 순간 얍삽한 변명거리로 입을 막았다.

"자기가 다닐 학원은 스스로 결정해야지. 직접 가서 선생님 강의 한 번 들어보고 결정해라. 엄마가 아무리 좋은 학원이라고 한들 선생님이 네 맘에 안 들면 안 다닐 게 뻔하잖아."

지금 생각하면 시류에 편승하여 남들처럼 유별난 방법으로 키워볼 걸 하는 생각도 든다. 그렇다면 아이 둘은 지금보다 더 우뚝하고 특별나게 자랐을까? 교직 생활을 하며 학부형이 자녀 교육 문제로 상담하러 오면 온갖 교육 이론을 들어 열을 올리면서 정작 내 아이 교육 문제에서 '나는 이렇게 키웠노라'고 내세울 게 한 가지도 없다. 특별하게 교육 받은 아이들이 내 주위에는 많다. 그 특별함이 행복함으로 이어질까? 잘 모르겠다. 다행스럽게도 우리 아이들은 지극히 평범하게 키웠는데 행복지수는 상위권 같아 늘 감사할 따름이다.

30년 가까운 직장 생활도 무난히 보냈지만 더 잘할 수도 있었다. 나만의 교육 철학을 가지고 있었지만 교육 정책이 바뀔 때마다 거기에 끼어 맞추기에 급급해 나의 학급 경영관이며 교육 철학은 시시때때로 바뀌었다. 누가 뭐라든 나만의 철학을 가지고 일관성 있게 밀고 나갔다면 나 자신한테 떳떳하고 내가 맡은 아이들도 더 좋은 가르침을 받았을 것이다. 좋게 해석하면 주어진 환경에 적응을 잘한 것이고 안 좋게 말하면 줏대 없이 확고한 신념도 없이 산 것이다.

책 출간도 그렇다. 책을 낼 때마다 '더 고심하고 썼더라면, 퇴고를 더 많이 했더라면 더 좋은 작품이 되었을 텐데' 라고 뒤늦게 후회한다. 물론 '이 정도면 괜찮아' 라고 생각되는 작품이 있긴 하다. 그런 작품엔 더 오랜 시간이 투자되었고 열정을 많이 쏟아부었다. 그러나 별 고통 없이 쉽게 쓴 작품을 읽을 때는 얼굴이 붉어진다. 흔히 책 출간을 산고에 비유한다. 죽을 만큼 심한 고통을 겪은 후에야 잉태되는 새 생명처럼 처절하리만큼 아프고 앓은 후에 얻는 고뇌의 산물이어야 한다. 덜 아프고 미리 잉태되면 미숙아처럼 여러 가지로 부족하다. 내 작품엔 미숙아가 여러 편 있다.

이러다간 죽을 때 내 묘비명에 이렇게 쓸 수도 있겠다.

'똑바로 한 게 하나도 없네.'

221

내 말 좀 들어봐

　　　　　　팔십 대 중반의 친정아버지와 어머니는 또래 연세의 어르신들에 비해 건강하신 편이다. 매일 산책을 하시고 사람들과 자주 만나며 소통하신다. 예전과 다른 점이 있다면 했던 말을 반복하시는 빈도가 높아졌다.

"아, 그 이야기, 어제 하셨잖아요."

　이런 말이 입 밖으로 튀어나와도 민망할까 봐 나는 처음 듣는 것처럼 반응하며 되묻기까지 한다. 그러면 부모님은 끝까지 신나게 이야기하신다. 이야기를 들어주는 것이 내가 할 수 있는 전부다. 누군가의 이야기를 들어주는 것만으로 우리는 상대에게 큰 위로를 줄 수 있고 힘이 될 수 있다. 할 말을 다 쏟아놓지 못해 화병이 걸린다는 말도 있다. 한번은 잘 아는 분이 시어머니가 계시는 요양병원에 자주 병문안을 간다고 해서 가서 무얼 도와드리는지 물었다. 아무것도 안 한다는 것이다. 그저 이야기를 들어주는 것이 전부라고 했다. 그런데 갈 때마다 똑같은 이야기를 스무 번쯤은 들어야 된다며 헛웃음을 지었다.

남의 이야기를 잘 들어주는 것은 결코 쉬운 일이 아니다. 인내심이 필요하다. 듣기보다 자기 이야기를 하고 싶어 하는 게 인간의 본능이다. 그래서 모임에 가면 모두 자기 이야기를 하느라 열을 올린다. 남이 뭐라 해도 내 이야기가 제일 중요하니 좀 들어달라고 목소리를 높인다. 남의 이야기에 끼어들며 언제나 시끌벅적하다. 이래서 경청이 어려운 것이다.

오늘, 교도소를 방문해 스물다섯 살의 수감자를 만났다. 청년은 얼굴이 뽀얗고 귀티가 났다. 한창 할 말이 많은 나이지만 들어줄 사람이 거의 없다. 나는 부모님한테 하듯 오늘 마음먹고 그의 이야기를 듣기로 작정했다. 하긴 내가 도울 수 있는 일이 그뿐이다. 물론 일행과 함께 떡이며 빵이며 과일 등 간식거리를 사 갔지만 그보다 청년에게 필요한 건 자신의 이야기를 듣고 공감해 주는 일이라 여겼다. 지난번 방문 때는 말을 잘 하지 않는데 내가 관심을 갖고 들어주며 "충분히 이해가 간다."고 반응했더니 마음 문이 열렸던지 끊임없이 자신의 이야기를 쏟아냈다. 언젠가 텔레비전에서 본 '내 말 좀 들어봐' 프로그램을 시청하는 기분이었다. 열아홉 살에 교도소에 들어오기 직전까지의 삶을 생각나는 대로 솔직히 털어놓았다. 초등학교 때 부모님이 이혼해 새엄마와 아버지와 살았다, 부모님 차를 몰래 갖고 나가 사고를 냈다, 폭력을 써서 피해자한테 부모님이 거금의 합의금을 물어줬다, 남동생이 장래 자기처럼 될까 봐 부모님이 걱정한다, 학교에서 퇴학을 권해 고등학교를 자퇴했다, 처음에 6년의 형기를 받았는데 여죄가 있어 추가로 3년을 더 받았다, 열아홉 살에 교도소에 들어왔는데 지금은 스물다섯 살이다, 할머니가 매일 자기를 위해서 기도한다고 했다. 출소하면 사고치지 않고 잘 살게 해달라고 매일 하나님께 기도한다며 내가 묻지도 않은 이야기들을 끊임없이 쏟아냈다. 청년은 진지한 표정을 짓다가 때론 웃기도 했지만 나는 한없이 애잔하고 쓰렸다.

　자신의 과거와 죄목에 대해서 구체적으로 언급할 수는 없었겠지만 속내를 털어놓은 청년의 얼굴을 보니 아까보다 편안하게 보였다. 끝까지 경청하며 반응하며 그의 말을 잘 들어주었다는 생각이 들었다. 나는 청년에게 해줄 말이 궁했다. '죄를 회개하고 착하게 살아라.'는 뻔한 소리는 지금까지 수없이 들었을 것이다. 망설이다 짧게 한마디했다.

"젊은이나 늙은이나 모두 분노 조절을 못 해서 말다툼이 생기고 사고도 낸다. 분노 조절을 잘할 수 있도록 기도하겠다."

청년은 미소를 지으며 '고맙습니다.' 라고 말했다. 수줍음이 담긴 미소였다. 그 눈빛에서 악의라고는 눈을 씻고 찾아도 찾을 수 없었다. 차라리 악의에 찬 눈빛이었으면 덜 슬펐을 것이다. 책을 좋아하느냐는 질문에 대번 고개를 끄덕였다. 읽을 만한 책 몇 권을 영치품으로 넣어주겠다고 했더니 또 한 번 고개 숙이며 고맙다고 인사했다. 한 달 후를 기약하며 돌아서는데 아기를 두고 떠나는 엄마 심정마냥 발걸음 떼기가 힘들었다. 죄와 그리고 벌, 여러 번 곱씹어보았다. 우리는 높은 교도소의 담장 밖을 걸으며 갇힌 자를 정죄하고 당당한 척 정의로운 척하지만 은밀한 내면의 죄를 다 들추면 모두가 들키지 않는 죄인들이 아닐까? 예수님께서도 현장에서 간음하다 들킨 한 여인을 두고 "너희 가운데 죄 없는 사람이 먼저 돌로 치라."고 하셨다. 누가 감히 돌을 던질 수 있을까?

오늘처럼 활짝 핀 벚꽃으로 거리가 눈부신 날, 꽃나무 아래를 벚꽃처럼 활짝 웃으며 걷는 이십 대 청춘들을 보니 어두운 방에 갇혀 있는 그 청년이 자꾸만 생각난다. 비록 몸은 갇혀 있어도 영혼만은 자유를 누렸으면.

나의 용량

나는 여러 장르의 노래를 다 좋아한다. 누구나 한 번쯤은 자기가 좋아하는 노래를 악기로 연주하고 싶을 것이다. 나도 그 동안 내가 좋아하는 노래를 연주하기 위해 무진 애를 썼다. 피아노, 플롯, 우쿨렐레, 오카리나, 리코더, 하모니카 등 주위에서 쉽게 접할 수 있는 악기들을 다루어 보았는데 어느 하나 만만한 게 없었다. 애창곡 한 곡을 멋지게 불러보고 싶어 몇 날을 연습했다. 그러나 내게 돌아오는 것은 멋진 연주로 인한 성취감이 아니라 내 능력의 한계로 인한 좌절감이다. 자신감을 가득 안고 시작했는데 있던 자신감마저 사라져버린다.

이쯤 되면 기억 나는 이야기가 있다. 나를 돌아다보며 다시 한번 나의 용량을 체크해 보는 기회가 되고, 나를 겸손하게 만드는 계기가 되었다. 한 번은 교육청에서 온 장학사가 지도 조언을 했다. 짧은 말이지만 오랜 세월에 머리에서는 잊혀졌지만 가슴에서는 똬리를 틀고 앉아 필요할 때면 고개를 든다. 바로 '완전학습에 대해 착각'이다. 선생님들은 아이 모두를 일정 점수에 끌어올려야 완전학습이 이루어졌다는 굴레에서 벗어나지 못한다는 것이다. 아이마다 받아들일 수 있는 용량이 있다. 커다란 정종병도 있고, 사이다병도 있고, 박카스병도 있다. 아이들의 용량도 병 들이처럼 크기가 다르다는 것이다. '박카스병 들이의 용량을 가진 아이에게는 그 병만 채우면 완전학습이 된 것이다.'란 뜻이다. 그 말을 듣는 순간 개념의 틀을 깨지 못한 나의 무지를 깨닫고 얼마나 부끄러워했는지 모른다. 당장 아이들에게 나의 잘못을 고개 숙여 사과하고 싶었다. 내 욕심에 겨워 박카스병 들이의 용량을 가진 아이에게 사이다병도 아닌 정종 큰 병 들이까지 끌어올리려고 방과 후에 남겨두고 얼마나 다그쳤던가?

아이들은 계속 성장한다. 지금까지 대기만성인 아이들도 많이 보았다. 지금은 비록 박카스병 들이의 용량이지만 크면서 사이다 병이 될 수도 있고, 정종 대병 들이로 자랄 수도 있다. 지금 많이 담을 수 없다고 실망하지 말아야 한다. 또한 교실

안과 교실 밖의 용량은 다를 수 있다.

　어설프게나마 나는 나의 애창곡들을 연주해본다. 짧은 시간 연습해도 멋지게 연주해내는 정종 대병 들이의 용량을 가진 사람이 들으면 아기가 부는 나팔소리처럼 유치하게 들릴 수도 있다. 하지만 나는 나의 용량을 알기에 이 정도로 연주하면 완전학습이라고 말하고 싶다. 정종 대병 들이는 못되지만 사이다 한 병 들이의 용량은 될 거야, 라고 믿고 살려 한다. 아니, 박카스 한 병 들이의 용량이라도 괜찮다. 만족한다. 나의 용량을 알고 있으니까 이제 절망하지 않으련다. 또 더디긴 해도 아이들처럼 나도 계속 성장할 수 있다!

고독한 둘째 딸

우리 집 형제의 구조도를 보면 상당히 흥미가 있다. 첫째와 막내가 아들이고 그 가운데 딸 넷이 분포하고 있다. 남아선호사상이 지배하던 때라 아들 하나를 더 얻으려고 딸을 내리 네 명이나 낳은 것 같다. 나는 육 남매의 셋째로 태어났지만 딸로서는 둘째다. 자라면서 나는 '딸 중에서 제일 존재감 없는 게 둘째다.'라는 생각을 했다. 그렇다고 둘째 딸이라는 이유로 차별을 받은 경험은 단 한 번도 없었다. 다른 집과 달리 우리 부모님은 아들과 딸을 아주 평등하게 대해주신 편이다. 그런데도 어린 날의 내 심리를 지금에야 돌아보니 나름 외로웠고 다소 서러움을 느꼈던 것 같다.

그 집의 맏딸은 항상 최고의 위치에서 딸들을 대표했다. 다 성장한 후에도 경조사로 집안 어른들을 만나면 언니 이름은 기억해도 나를 보고는 '이름이 뭐더라' 하면서 고개를 갸웃거리는 게 대부분이었다. 또 바로 아래 동생은 셋째 딸로 말할 것도 없다. 옛날부터 딸 부잣집 셋째 딸은 요조숙녀의 모델이었다. 집안에서 존재감이 확실한 맏이와 피해 볼 수밖에 없는 둘째를 보면서 자기가 살아남기 위해 새롭게 생각하고 슬기롭게 적응하는 창의성이 몸에 배었기 때문이다. 그래서 남을 배려할 줄 알면서도 자기 몫을 챙기려는 창의적인 목표설정이 바른 인성과 집념으로 귀결된 것 같다. 또 막내딸은 말하면 뭐하랴. 막내라는 이유로 무조건 귀염을 독차지하며 못 해도 잔소리를 듣지 않는다.

이런 사실을 깨달은 나는 딸 많은 집의 둘째로 태어난 것이 누가 뭐라고 말하지 않아도 속상하고 조금은 억울했다. 노력으로 바꿀 수 없는 운명을 어쩌겠는가? 그래서 학창시절 나는 독하게 공부했다. 다른 형제들도 다들 열심히 했는데 내가 특히 독하게 공부한 것으로 친정어머니는 기억하신다.

돌이켜 생각해보면 집안에서 존재감 없는 둘째로서 부모님한테 좀 더 사랑과 관심을 받고 싶어 그렇게 열심히 한 게 아닌가 싶다. 그런데 친척 어른들은 각자 보는 눈이 달라 우리 집의 네 딸 중 제각기 예뻐하는 사람이 달랐다. 맏딸인 언니는 딸 중의 대표답게 성품이 너그럽고 온유하다고 다들 예뻐했고, 외할아버지는 바로 아래의 여동생을 최고라고 생각했으며, 막내 여동생은 모두가 인정하는 예쁜이였다. 그럼 난? 나도 예쁘게 봐주는 분이 있었다. 2년 전에 돌아가신 이모할아버지였다.

초등학교 고학년쯤이었을 것 같다. 엄마를 따라 이모할머니 댁에 놀러갔는데 "너거 집 둘째가 최고 예쁘다. 얼굴도 희고 날씬하네."라고 말한 이모할아버지 말씀이 아직도 귀에 선하다. 유난히 부끄럼이 많았던 나는 얼굴에 티를 내지 않으려고 애썼지만 흥분을 감출 수 없었다. 그 후론 무작정 이모할아버지가 좋았다. 세월이 흘러 어른이 된 뒤에도 이모할아버지만 생각하면 이유 없이 고마웠다. 아니 이유가 없는 게 아니었지. 어린 시절 우연히 놀러갔다 들었던 이모할아버지의 그 칭찬 한마디가 없었다면 존재감 없는 둘째 딸로서 더 기가 죽었을 것이다.

한번은 이런 일이 있었다. 지금 생각하면 대수롭잖게 넘길 수도 있지만 그 당시 사춘기인 나로서는 꽤 심각했다. 여고 시절, 생물 시간에 혈액형에 관한 공부를 했었다. 선생님이 부모님의 혈액형에 따라 나올 수 있는 자녀의 혈액형을 쭈-욱 나열했다. 피는 못 속인다는 것이다. 그러면서 소설 이야기를 잠깐

언급했다. 어느 소설의 여주인공이 키워 준 부모가 자기 부모가 아님을 여고생이 되어 알게 되었다. 그것도 혈액형 검사를 통해 우연히 알았다. 그 후 그 학생은 편지 한 장만 달랑 남기고 가출했다. 자기를 낳아준 진짜 엄마를 찾으러 간 것이었다.

그 이야기를 들으며 사춘기라 예민한 우리 반 친구들은 '혹시 나도….' 하는 의심을 가진 눈빛으로 서로를 바라보았다. 나도 예외는 아니었다. 어쩜 다른 아이들보다 의심의 강도가 높았는지 모른다. 그건 다름 아닌 내가 그동안 농담으로 들었던 이야기들이 사실일 수도 있다는 생각을 했기 때문이다. 어린 시절 우리 마을에는 실제로 내다버린 아이를 주워 키우는 집이 있었는데 삼촌들은 조카를 놀릴 때 이런 말을 종종 써먹었다.

"너, 다리 밑에서 주워왔다. 너거 엄마 보고 싶거든 거기 가 봐라. 킥 킥…."

그뿐이 아니었다. 집안사람을 만나면 "이집 둘째는 엄마도 안 닮았고, 아버지도 안 닮았네." 하면서 씨익 웃었다. 어른들은 생각 없이 툭 던지는 말이었지만 듣는 나에게는 상처가 되었다.

그날 하교 후 공부를 하려고 책상 앞에 앉았지만 책 내용은 눈에 들어오지 않고 생물 시간에 들은 선생님의 소설 이야기가 자꾸만 떠올랐다. 혈액형은 반드시 부모님에 따라 결정된다는 말이 귀에서 떠나지 않았다. 이런 내 생각은 어쩌면 과학적인 근거에서 비롯된 것인지도 모른다. 곰곰이 생각해보니 나에게는 객관적인 사실이 내 의심을 뒷받침해주고 있었다. 바로 사진이다. 사진 찍기가 귀한 시절이었지만 우리 집에는 사진기가 있었다. 다른 형제들은 다 있는 어릴 적 독사진이 나에게는 없었다. 내 어린 시절 사진은 시골집 마당에 있는 나락을 보관하는 큰 나무 뒤주 앞에서 세 살 위의 막내고모와 언니랑 찍은 것이 유일하다. 사진에 찍은 연도가 새겨져 있지 않아 정확하게는 모르지만 얼굴 모습을 보니 대여섯 살 정도로 보인다. 나를 제외한 오 남매에게 다 있는 아기 사진이 나만 쏙 빠졌으니 어찌 의심하지 않겠는가? 특히 옛날 앨범을 펼쳐놓고 가족들이 "누구는 아기 때 참 인물이 좋다고 소문이 났고, 누구는 예뻤고" 하면서 이야기를 시작하면 나는 꼭 왕따가 된 기분이다. 이럴 때 난 원망스러워 볼멘소리로 엄마에게 묻는다.

"엄마, 왜 나만 아기 사진이 없어?"

"그렇네, 너만 빠졌네. 자식이 많다보니 잊었나 보다. 왜 안 찍었지? 그때 바빴던가 보다."

어머니는 아무 일도 아니라는 듯이 태연히 대답하신다. 그런데 자식이 많아 잊었다는 어머니의 말에는 믿음이 가지 않는다. 나는 6남매 중 셋째로 태어났으니까 내가 태어날 당시 한 가정의 자녀 수로는 많은 게 아니었다. 그 뒤에 줄줄이 태어난 넷째 다섯째라면 잊을 수도 있었겠지만. 바빴다는 말에는 충분이 믿음이 간다. 물에 손도 안 넣고 귀하게 자란 어머니가 대가족의 맏며느리로서 얼마나 힘들고 바빴을까.

"엄마, 엄마 혈액형 알아?"

설마하는 마음으로 이렇게 물었다.

"피 검사한 지가 오래 되어서… 난 A형이지 싶다."

"뭐? A형이라고? 엄마, 내일 나하고 당장 병원 가자. 엄마는 A형 아버지가 O형인데 어떻게 B형이 나오노. 나는 분명히 B형이란 말이야."

엄마는 다음날 나의 성화에 못 이겨 가까운 병원으로 갔다. 가는 도중에 수많은 생각들이 엉켜버린 실타래처럼 앞다투어 머리를 채웠다.

'엄마가 정말 A형이라면? 내가 이 집에서 살겠나? 그럼 가출? 설마….'

이런 상상을 하니 가슴이 꽉 조였지만 한 가지 믿는 구석이 있었다. 그건 다름 아닌 규칙적인 나이 터울이었다. 6남매가 정확하게 3년 터울로 이어졌다. 규칙적인 수 배열처럼 한 치의 오차도 없었던 것이다. 이 정확한 터울이 나에게 믿음을 주긴 했지만 우연히 맞아떨어질 수도 있지 않은가?

병원에서 간호사가 어머니의 피를 뽑아놓고 의자에 앉아 잠시 기다리라고 했다. 짧은 순간이지만 오만 가지 생각이 어지러이 교차했다.

'엄마가 정말 A형이라면 나의 존재는 대체 뭐지. 에이, 모르겠다. 될 대로 되라지 뭐.'

나는 체념한 채 앉아있으니 간호사가 어머니 이름을 불렀다.

"아주머니, B형입니다."

"나는 A형인 줄 알았는데…."

어머니가 웃으며 말하자 간호사가 덧붙였다.

"가끔 착각하기도 해요. 병원에 올 일이 없으니 자기 혈액형을 모르는 사람도 있어요."

어머니가 A형이었다면 내 인생은 어떻게 흘러갈 것인가. 나는 가슴을 쓸어내렸다.

"너도 참 별나다. 꼭 피검사를 해봐야 아나."

어머니와 마주보며 씨익 웃었다. 아기 사진 한 장 없고 어머니와 아버지를 닮지 않았다고 해도 우리는 생물학적으로 모녀 사이가 입증되는 순간이었다. 이래저래 둘째 딸은 애환이 많았다.

결혼 이야기

요즘 내 또래 부모들의 큰 고민 거리는 자녀 결혼이다. 제때 짝을 만나 결혼하는 게 제일 효도라는 말에 나도 절대 공감한다. 그런데 요즘 젊은이들의 결혼관이 부모들과 너무 달라 갖가지 갈등을 빚어낸다. 과거에는 결혼이 인생의 필수 과목이었다면 지금은 선택 과목으로 여기는 사람들이 늘어났다.

독신을 고집하는 젊은이들이 점점 늘어나면서 집집마다 노처녀 노총각이 넘쳐나고 있다. 물론 가치관이나 눈높이가 맞는 짝을 못 찾아 결혼을 못 하는 경우나, 나름대로 타당한 이유가 있어 결혼을 미루는 사람도 있을 것이다. 그런데 문제는 노력하면 할 수 있는 상황인데도 결혼을 큰 짐으로 여겨 포기

하겠다는 젊은이들이 많다고 한다. 이런 말을 내 또래로부터 들을 때마다 이기적인 요즘 젊은이들도 문제지만 생각이 깊지 못한 부모 탓도 있다고 여겨진다. 희생 없이 얻어지는 건 없다. 돌이켜보면 나의 결혼 생활도 힘든 희생의 연속이었지만 잘 자라준 아들과 딸을 바라보고 있으면 거룩한 희생이었다고 생각한다. 그러나 요즘 아이들의 사고로는 내가 생각하는 거룩한 희생이 '참 무모하다', '어리석다', '미련하다' 등으로 해석할 것이다. 나 혼자 잘 먹고 잘 살면 되지 구태여 결혼해서 배우자, 시댁, 처갓집, 자식한테 신경 쓰며 자유를 구속당하기 싫다는 것이다. 이런 이기적인 사고를 가진 젊은이들이 점점 많아지면 사회와 국가, 나아가 이 세계가 어떻게 될까 걱정스럽다.

작년에 호스피스 교육에서 한 아주머니를 만났다. 야윈 아주머니는 한쪽 다리를 약간 절고 있어 '저 몸으로 어떻게 봉사를 할까?' 걱정이 되었는데 적극적이었다. 그 아주머니는 척추 수술 후 몸은 완전히 회복되지 않았지만 봉사 활동을 하고 싶어 신청했다고 했다. 2층 단독주택을 소유하고 있는데 아래층에 세를 놓아 월세도 들어오고, 또 분양받은 작은 아파트 월세로 부부가 사는 데 경제적으로 지장이 없다고 말했다. 또 경북 의성에 넓은 전원주택도 있어 온갖 농사를 지으며 주중에도 심심하면 밤낮을 가리지 않고 시골까지 달려간다는 것이었다. 도시와 전원생활을 동시에 누리고 사는 아주머니의 삶이 퍽 여유롭게 보였다. 도시에 사는 많은 사람들이 원하는 삶일 것이다. 나는 아주머니가 시골집에 갈 때 같이 좀 가자고 부탁까지 했다. 나는 천성적으로 작은 것에 감사하며 자족하는 편이라 남을 좀처럼 부러워하지 않는 편인데 그 아주머니가 왠지 부러웠다. 솔직히 말하자면 그 아주머니의 시골집에 구미가 당겼다.

"아주머니는 걱정거리가 없겠네요."라고 내가 말했더니 딱 한 가지 걱정거리가 있다고 했다. 두 아들이 문제라고 했다. 그러나 남의 아픈 곳을 찌르는 것 같아 나름대로 상상의 날개를 펴고 유추해 보았다.

'그래. 세상 사람들은 누구나 한 가지 아픔은 남몰래 품고 살지. 이 아들도 오래도록 취업을 못 했거나, 철없는 농땡이겠지.'

이렇게 생각했다. 그런데 이런 내 상상은 완전 빗나갔다. 두 아들 다 좋은 직장을 가지고 있었고 농땡이와는 거리가 멀었다. 큰아들은 심장 분야의 유능한 의사이고, 둘째 아들은 우리나라에서 알아주는 대기업에 다니고 있었다. 둘 다 서울에서 각자 자취를 한다고 했다. 그런데 서른 중반이 넘었지만 결혼에는 아예 뜻이 없다고 했다. 아주머니가 결혼을 안 하는 이유를 묻자 아들은 이렇게 대답한다고 한다. "요즘 여자들은 대접 받기를 좋아한다. 내 앞가림하기도 바쁜데 마누라 치다꺼리를 할 수는 없다. 사서 고생할 필요가 있나. 독신으로 사는 게 훨씬 편하다." 결론은 결혼이 자기 인생에 도움이 안 된다는 것이다. 아주머니의 고민거리가 충분히 이해되었다.

이런 아주머니에 비하면 나는 선견지명이 있었던 것 같아 속으로 흐뭇했다. 어려서부터 실시하는 북한의 세뇌교육洗腦敎育을 나는 가정교육에 응용했던 것이다. 결혼은 인생의 필수과목이라는 걸 어려서부터 사상교육 시키듯 그렇게 강조해 왔던 것이다. 그래서인가 아들과 딸 둘 다 철없는 어린 시절부터 지금까지 한 번도 결혼을 안 한다는 소리를 들어본 적이 없다. 딱 한 번 아들이 결혼을 못할지 모른다는 말을 한 적이 있었다. 아들은 어려서부터 꿈이 소방관이라 때때로 집안에서도 소방관 놀이를 자주 했었다. 그때마다 나는 소방관이 되기 위해 연습 상대가 되어주었다. 식사 준비를 하다가도 아이가 현관문을 열며 '대피하라'고 하면 지시에 따라 잠시 대피를 했다. 그리고 집 근처 소방서를 수시로 방문해 소방관들이 하는 일을 눈여겨보며 소방차 구경하기를 좋아했다. 그러던 어느 날 "엄마, 난 나중에 커서 결혼을 못할 수도 있어요."라고 해서 이유를 물었더니 "불이 나면 밤에도 출동을 해야 하기 때문에 집에 올 수 없다. 그래서 결혼을 못할 수 있다."는 것이다. 진지하고도 순진무구한 아이의 말에 나는 깊이 감동을 받았다. 결혼과 자신의 꿈 사이에서 갈등을 느꼈던 것 같다. 그만큼 아이는 심중에 결혼을 늘 생각한 것 같다. 아마 그때 아이가 생각한 결혼의 개념은 이런 것이 아니었을까. 엄마, 아빠가 만나서 같이 재미있게 사는 것, 자기를 포함한 가족이 한 집에서 이야기하며 맛있는 음식을 해먹고 노는 것. 더 이상도 더 이하도 아닐 것이다. 지금 생각해보면 철없는 아이의 결혼관이 이 시대에 필요하지 않을까 싶기도 하다.

결혼에 대해서 잘 알 리 없지만 대한민국 청년이라면 누구나 군대를 가듯이 우리 아이들은 결혼을 필수과목으로 인지한 것 같았다. 내 세뇌교육 탓인지 내 아이 둘 다 꼭 결혼을 한다는 것이다. 지금 생각하면 참 다행이다 싶다. 늘 하던 말이 씨가 되듯 딸아이는 올봄에 결혼을 한다. 또 아들도 결혼 상대자가 있어 머잖아 꼭 한다고 확고한 신념을 밝힌다. 참 고맙다. 부부를 위해서도 사회와 국가를 위해서도 결혼 후 아이를 꼭 낳아야 한다고 했더니 둘 다 당연하게 받아들인다. 희생이 따름을 알면서도 그 희생을 기꺼이 선택하려는 두 아이에게 오늘은 박수를 보낸다.